文春文庫

切り裂きジャック・百年の孤独

島田荘司

文藝春秋

目次

■一九八八年、ベルリン連続娼婦惨殺事件・犠牲者一覧

	犠牲者名	歳	出身地	発見時刻	発見場所	発見者	状況
①	メアリー・ヴェクター	43	アイルランド コーク市	9月25日 AM2時20分	フロッデン小路	モニカ・フォンフェルトン巡査、クラウス・エンゲルモーア巡査	左肩に腸がかけられていた。外傷の数はキャサリン・ベイカーの次に多い。
②	アン・ラスカル	42	アイルランド マン島	9月25日 AM4時過ぎ	クーゲル通り手前の路地	マインツ・ベルガー（雑誌記者）	腸は肩にかけられていない。咽喉と腹部以外、体表面に外傷なし。
③	マーガレット・バクスター	41	イギリス ボーンマス	9月25日 AM4時30分	シュバルツ小路	ハネローネ・ブッシュ（娼婦）	左肩に腸がかけられていた。咽喉と腹部以外、体表面に外傷なし。大腸が二十センチ弱、持ち去られている。
④	ジュリア・カスティ	44	アイルランド ダブリン	9月26日 AM2時15分	クロデール小路14番	モーガン巡査	左肩に腸がかけられていた。咽喉と腹部以外、体表面に外傷なし。内臓部の損傷、最もひどい。肝臓がナイフの先端で突き通され、腎臓もほぼ真っ二つにされる。
⑤	キャサリン・ベイカー	37	イギリス ロンドン	9月26日 AM2時15分	トンプソン小路57番	オルゲン巡査	ただひとり腹部切開を受けていない。が、小さな外傷は一番多い。

■一八八八年、ロンドン切り裂きジャック事件・犠牲者一覧

	犠牲者名	歳	出身地	発見時刻	発見場所	発見者	状況
①	メアリー・アン・ニコルズ	42	ロンドン南部カンバーウェル	8月31日 AM3時40分	バックスロウ路上	チャールズ・クロス（運搬夫）	咽喉に二ヶ所の切り裂き傷、一ヶ所は深い傷。腹部に刺傷。
②	アニー・チャップマン	47?	不明	9月8日 AM6時5分	ハンバリー・ストリート29番地 裏庭	ジョン・デイヴィス（運搬夫）	咽喉に二ヶ所の深い切り裂き傷。腹部切開、内臓の一部切除。
③	エリザベス・ストライド	44	スウェーデン フォルスランダー	9月30日 AM1時	バーナー・ストリート	ルイス・ディームシュッツ（行商人兼給仕）	咽喉に一ヶ所の長い切り裂き傷。
④	キャサリン・エドウズ	43	イギリス中部	9月30日 AM1時45分	マイター・スクエア	エドワード・ワトキンズ（シティ警察巡査）	咽喉に一ヶ所の深い切り裂き傷。腹部切開、腎臓の一部切除。
⑤	メアリー・ジェーン・ケリー	25	エール州南西部リマリック	11月9日 AM10時45分	ミラーズコート	トマス・ボウヤー（雑貨商店員）	咽喉に一ヶ所の深い切り裂き傷。腹部切開、鼻、乳房、肝臓、腸切除。

■一九八八年、ベルリン連続娼婦惨殺事件・登場人物

モニカ・フォンフェルトン……………ベルリン署風紀課巡査。

クラウス・エンゲルモーア……………ベルリン署風紀課巡査。モニカと深夜巡回中、第一の事件、メアリー・ヴェクター殺害の現場に遭遇する。

レオナルド・ビンター……………ベルリン署殺人課捜査主任。事件捜査の指揮をとる。

カール・シュワンツ……………ベルリン署殺人課刑事。モニカの婚約者。

ペーター・シュトロゼック……………ベルリン署殺人課刑事。

ハインツ・ディックマン……………ベルリン署殺人課刑事。

オラフ・オーストライヒ……………ベルリン署殺人課刑事。

レン・ホルツァー……………飲食店のウェイター。娼婦に恨みをいだくパンクボーイ。

クリーン・ミステリ……………ロンドン在住の切り裂きジャック研究家。

切り裂きジャック・百年の孤独

プロローグ

一八八八年のロンドンは、まさしく汚物溜めだった。英国各地、またドイツなど大陸で食いつめた人々が、汚水がドブ川に流れ込むようにして、ロンドンに流れ込んできた。彼らが住みついたのは、ロンドンのうちでも例外なく東のはずれ、いわゆるイーストエンドである。ここには、貧民が常時七万五千人うごめいていた。

腐臭を放つ古い貸間長屋《テネメント・ハウス》には、一部屋に複数の家族が住み、地下室には豚と人間が同居していた。

兎《うさぎ》、犬、鼠《ねずみ》などの密猟者の部屋はもっとひどかった。毛皮商人に売るため室内で皮を剝《は》ぐので、その抜け毛がもうもうと空中を舞い、妻の内職の糊《のり》や、マッチ箱の臭いが、台所で腐った魚や野菜の臭いに混じった。それでも住人はめったに窓を開けない。外の臭いも、似たようなものだったからだ。

だが彼らはまだましな方だった。貧民の下に極貧民層が十万人もいた。彼らは定収入がなく、貧民より、さらに下等な生活を強《し》いられていた。ボロをまとい、たいていの者は裸足《はだし》で、靴を履いている者も、それで走ることはできない代物《しろもの》だった。

驚くべきは、その下にさらにどん底層とでもいうべき層があったことだ。彼らは乞食、浮浪者、犯罪者などで、その数は一万一千人にのぼった。連日空腹を抱え、犬のように食い物を求めてイーストエンドをうろつき、建物の軒先や空き地に眠り、ただ生きているだけという、動物と大差のない人間かつかつの生活をしていた。

そんな層の人々のうちの女性は、多く街頭に立ち、春を売ることになった。男たちが思いつく仕事といえば、犬の糞を拾って歩くことくらいだった。これをなめし革業者が、金を出して買ってくれた。革の艶《つや》出しに、犬の糞は具合が良かったのだ。

いずれにしても彼らは、ウエストエンドの金持ちたちが、気紛《きまぐ》れに靴磨きにくれてやるチップ分の金額を稼ぐため、一日身を粉《こ》にして働いた。前世紀末、ロンドンの東の果ては、こんな状況だった。

上流階級が地位と金に飽かせて悪徳を行なえば、下層民は、貧困と絶望から悪事を働いた。一般庶民も、これらに加担はしないまでも、似たようなものだった。みな猟奇的な犯罪や、サディスティックなうさ晴らしに異常な関心を寄せた。

「エレファントマン」に見られるような残酷趣味の見世物の横行、そして一八六六年に廃止されるまで、各監獄の前で堂々と行なわれた公開処刑。老若男女を問わず、大勢の見物人が押すな押すなの人垣を作るそのすぐ眼前で、首切り役人が斧《おの》で死刑囚の首を刎《は》ねた。

こんな時代、こんな場所で、あの「切り裂きジャック」の事件が起きた。「ジャック」

は、このやるせない世界に挑みかかるように、うっ積した怨念をナイフに込めて、娼婦たちの咽喉笛《のどぶえ》を掻き切った。そして下腹部から鳩尾《みぞおち》まで腹を一気に切り裂き、内臓をひとつひとつとり出してテーブルに積みあげた。

おぞましいまでの事件だったが、ある意味では時代の必然だった。その意味では、ジャックもまた、殺した娼婦たち同様、何ものかの犠牲者だったのだろう。

それから百年の時が巡り、世界の中心はロンドンから去っていった。ロンドンは静かな、まるで公園墓地のように清潔な街になり、あれほど多かった娼婦と貧民は姿を消したが、同時に誇らしげに軒を連ねていた世界一の富豪たちも、もうここにはいない。百年の樹齢を持つハイド・パークの糸杉なら、ロンドンのこの盛衰を、つぶさに見ることができたろう。

文明の中心《ヘゲモニー》が大西洋を西へと渡っていったことは誰の目にも明らかだが、一九八八年の現在、百年前の大英帝国の首都にも似た矛盾を露呈する場所が、ヨーロッパに一箇所ある。ベルリンだ。

西ベルリンは実に奇妙な都市で、ヒトラーの千年帝国の遺産ともいうべき東ドイツの赤い海に、ぽつんとまるで孤島のように浮かぶ。都市の周囲は延々と高い塀が巡り、住人はまるで囚人だが、実はこの塀の内に閉じ込めているものこそが「自由」なのだ。

一九六一年、ベルリンの中央に高い塀が立ってから、この塀を越えようとして、おびただしいドイツ人の血が流された。しかし、彼らを射った者もまたドイツ人なのだ。

高いこの塀があるため、塀ぎわでしかも緑の乏しい地区は、アパートの家賃を高くとれない。塀ぎわであるという圧迫感と、一種の危険意識から、多くの住民が敬遠するからだ。

こういう低家賃アパート地区に、学生が住んでいたうちはよかったが、次第に職にあぶれた労働者たちが外国から流れ込んで住みつき、スラム化した。百年前のロンドン、イーストエンドに似た地区が、この都市にも東端の塀ぎわに生まれた。クロイツベルクとか、モアビットと呼ばれる一帯である。

西側政府は東ドイツを国家としては認知せず、したがって東ベルリンをもその首都として認めていなかった。このため、トルコやポーランドやユーゴスラビアなどからの流民は、東ベルリンを経由していくらでも西ベルリンへ入り込める。そしてクロイツベルクに住みつく。西ドイツ政府には、ヒトラー時代圧迫した負い目があるため、これらの国の民の流入を規制しきれないでいる。今や西ベルリン二百万の人口のうち、十二パーセントはトルコ人である。クロイツベルクのゲットー化は進み、ベルリンの塀ぎわは、ここもまたイーストエンドとなった。

西ベルリンに流れ込んだ難民は、掃除夫や簡易レストランの従業員くらいしか仕事がない。だからポルノ産業に流れていく。ポルノショップを経営し、女性は娼婦となる。多くは公娼となるが、あぶれた者は道に立つ。

西ドイツの民は、こんな西ベルリンは捨て、西ドイツ本国内に住みたがった。この

「孤島」から、かつて人口の流出が目だった。西ドイツ政府はこの拠点を死守するため、現在西ベルリンに住む若者には徴兵を免除している。

かくして西ベルリンには、退廃があふれることになった。今この街は、外国の駐留勢力と海外からの観光客が、刹那《せつな》的快楽をむさぼっていくための僻地だ。西ベルリンは、実は北から順にフランス、イギリス、アメリカが分割統治する、未だ植民地なのだ。

この街の若者は無口で、政治のことは決して語ろうとしないが、実のところ多くの矛盾を感じている。彼らをその矛盾に導いたものは、単にこの場所に生まれ落ちたという偶然だけなのだ。

一九八八年、ベルリン

1

一九六二年の十一月、ハンブルクの南のはずれの倉庫街で、俺は生まれたらしい。反吐の出るような貧民街だが、何もかも腐りきっているような街も、十一月の終わりともなれば、けっこうご清潔な印象だったろう。街が冷えれば道のゴミが臭わないからだ。母親がどんな女だったのかは知らない。職業も知らない。だが死にざまを見れば、どんな女だったかはだいたい想像がつく。

死んだ時、お袋は二十四歳だったらしい。倉庫街のはずれの、ゴミ捨て場だってもっとましな臭いのする、小汚いアパートだった。もの心ついてから、俺は何度もそこに行ってみた。部屋には入れなかったが、その必要もなかった。部屋の窓が面した路地には、いつでも怪しげな薬瓶がいっぱいに詰まった木箱やら、そうでなければ錆《さ》びた鉄屑などが山ほど積みあげられていて、てっぺんまでよじ登れば、窓から部屋の中が覗《のぞ》けた。

床板と、ピンクのタイルが半々に貼ってあるような、おかしな部屋だった。場末の安ホテルの便所みたいだった。

母親は、そこで腹を裂かれて死んでいた。咽喉《のど》をひと突きにされ、左の脇腹から頬っぺたまで、一気に切り裂かれていた。

腹も同じだった。鳩尾《みぞおち》から下腹部まで一直線に亀裂《きれつ》が走っていた。古いベッドのカンバスが切り裂かれているように、そしてそこからスプリングや綿屑が覗くようにして、内臓がとび出していた。

臓器のひとつがさらに切り開かれ、中のものが床にとり出されていた。それが俺だ。子宮が切り開かれ、へその緒がついたままの血まみれの俺が、ピンクのタイルの上に転がっていた。仮死状態だった。とり出した俺の代わりに、腹の中に何が詰め込まれていたか解《わか》るだろうか？

聖書だ。分厚い聖書が二冊、ご丁寧に英語版とドイツ語版の二冊が、腹の中に押し込まれていた。まったくお笑いだ。

発見が早かったということか、医者によって俺はへその緒を切られ、応急手当をされて保育器に入れられた。一ヵ月ばかり早産だったが、どうした皮肉か奇蹟的に命をとりとめた。そしてこのブタ小屋みたいな愚劣な世界を、二十年以上たっぷり眺めながら、おめおめ生き延びた。医者にも世間にも感謝する気はない。別に生かしてくれと頼んだわけじゃない。だったら、お袋を殺したやつにも感謝しなくちゃならなくなるじゃないか。そいつがどんな気紛れからか知らないが、子宮からほじくり出しておいてくれたから、俺は母親の体の奥で窒息しないですんだのだ。

感謝も、神も、教会も、お祈りも、くだらない。生きることに意味などはない。単なるゴミだ。ゴミを培養しておくこの世間など、だからゴミ溜めだ。俺は冷たいピンクのタイルの上で、本当は死ぬ運命だったのだから。

ベルリンに住みついてもう二十年近くになる。ハンブルクもしようもない街だったが、ベルリンも負けず劣らずクソ溜めだ。金のありそうなアメリカ人の腕にぶら下がって歩く低能の尻軽娘たち、したり顔でしょっちゅうヒステリーを起こすクソ婆あども。善人面《づら》してその実俺らと何も変わらないポリ公ども。思うたびに反吐が出る。

西ベルリンなんてのはおかしな街だ。車で東西南北どっちへ走っても、三十分もすりゃ国境だ。要するにここは島だ。それも籠の中みたいなちっぽけな島で、まわりは赤い海だ。飛行機に乗らなきゃ外へも出られやしない。こんなちっぽけな場所、欲しけりゃソ連野郎にくれてやりゃあいいんだ。

あんまり狭っ苦しいから、空気が悪くてみな腐っちまう。俺の住んでるクロイツベルクの一角なんぞ、清掃車が集め忘れていったゴミみたいに、朝っぱらからあっちこっちに娼婦が立っているし、俺のダチのうちで、クスリでアタマのイカれてないやつは一人もいない。赤ん坊の時から俺は、ミルクやパンより、トルエンやコカインや、マリファナで大きくなったのだ。

あとはロックだ。ストーンズやヘビィメタルの連中がいなけりゃ、俺は今頃どうしていたろう。ベルリンの街のあっちこっちに火をつけて廻ったあげく、ブタ箱の中か。それとも精神病院の檻《おり》の中か。けったくその悪い。何をやろうとこっちの勝手じゃねぇか。それを部屋でギターを弾いたといっちゃ、道でネックレス売ったといっちゃ、ポリ公が血相変えてとんでくる。

やつらはクソ婆あどもの手先だ。てめえも薄汚ねぇ家に住んで、ろくでもねぇことばっかりやっているくせに、自分らは俺らよりマシだとうぬぼれていやがる。俺らを不良とののしることで、自分らの方がマシだと、自己暗示をかけているのだ。

今住んでいるところは倉庫の三階だ。仲間同士で占拠してるんだから、金なんぞもちろん払っちゃいない。それにしても、何をやってるわけでもないのに、毎日毎日何でこんなに壁が汚れるんだろう。窓ガラスも、拭いても拭いても、錆びの浮く鉄板みたいに汚れちまう。

たてつけが良くないから、窓の桟《さん》から雨が室内に滲《にじ》んでくる。目の前も大きな倉庫だから、晴れた日でも全然陽は射し込まない。年中冬をやってるようなもので、俺は汚れたベッドに毛布をまとってうずくまり、昼間からビールを飲むか、クスリをやっている。何をやったところで、ろくに生きた心地はしやしない。バーテンやウェイターをやって、その日その日を生き延びているだけだ。生きようが死のうが、もうどっちだっていいのだ。

俺は、薄いナイロン地の手さげ袋の中に、鉄製の工具箱を入れる。その中にはぎっしりと鉄の塊が詰まっている。ずっしりと重いから、持つとナイロンの手さげがちぎれそうだ。

そいつを小脇に抱えて街を歩く。九月二十四日土曜日と、ショウウィンドゥの中に書いてあった。土曜の午後だから、人通りは多い。瞼《まぶた》を真っ青に塗った小娘が、金のありそうな外国人と腕を組んで前を行く。俺はそいつの跡をつけていく。ホテルに入った。ロビーで待つ。一時間もすると、情事がすんでたいてい出てくるからだ。

やはり出てきた。一人だ。たっぷり小遣いをもらったことだろう。これからその金で、土曜の夜を楽しむつもりか。ホテルを出て、地下鉄へと向かう。俺も立ちあがってついていく。

娘は地下鉄の座席にすわった。俺はその前に立って、短いスカートから出た女の腿《もも》の肉を見ていた。ナイロン地のバッグは網棚に置いた。娘の視線が、俺の垢《あか》じみたジーンズを、裾から這《は》いあがってくる。視線が合った。俺はウインクした。娘は、びっくりしたように一瞬俺を見ると、ぷいと横を向いた。目に、軽蔑の光がありありと浮かんだ。

車内がどんどん混んでくる。俺は腹をたてた。案の定だ。女は、金のないやつなんか男じゃないと思っている。

電車が駅に滑り込み、ドアが開く。俺は降りようとして、網棚の上のナイロン地のバッグを、うっかり娘のミニスカートの上に落とした。

鉄が袋の中でがちゃつく音と、娘の絶叫が車内に轟《とどろ》いた。大声で泣きだした。たぶん、骨にひびくらいは入ったろう。当分セックスはできないはずだ。

意気揚々と、俺はプラットフォームに降りた。後ろから、ヒステリックな婆あの声が追ってきた。一部始終を見ていたらしい。俺の袖口を摑《つか》んでさかんにわめきたてる。うるさくてかなわない。

振り向きざま、俺は婆さんの額の右側を、拳骨でしたたか殴りつけた。婆さんは、満員電車からの人垣の中央に向かい、あおむけに倒れ込んでいった。


その日の夜更《よふ》けだった。いや正確には翌日曜の早朝だ。クロイツベルクの裏通りは、みんなどっかへうさ晴らしに行っちまったものか、人っ子一人いなかった。

ウェイターの仕事を終えて、早く部屋へ戻ろうと思いながら俺は、倉庫の塒《ねぐら》へ急ぎ足で向かっていた。路地裏に入り込むと、ちょっとした空き地の暗がりから、女の忍び笑いが洩れてきた。

どうやら一人ではないらしく、それも大勢いた。みんな声を殺し、笑い声をたてていた。通りすぎようとしたら、中の一人が俺を見つけた。

「ちょっと、ちょっと兄さん」

女の声が暗がりから俺を呼んだ。立ち停まると、肥《ふと》った女が膝の土を払うような仕草をしながら往来の薄明りの下に出てきた。

「何か用なのか？」

と俺は言った。娼婦らしかった。

「楽しんでかないかい？」

案の定女は言った。

「間に合ってる」

と俺は言った。不潔な女なんぞはまっぴらだった。どんな病気をもらうか解らない。さっさと歩きだそうとしたら、また呼び停められた。

「タダでいいんだよ」

女は言う。

「どういうことだ？」

訊《き》くと、

「見習い研修中の新入りがいるんだ、若いよ。お兄さんに一発、仕事のやり方を教えてやって欲しいんだ」

そうしてなかば強引に、手を引かれて路地の奥に連れ込まれた。見ると、一人の女が娼婦四人に手足を押さえつけられ、石の上に大の字に寝ていた。ピンクのワンピースを着ていた。声をたてようとしているのだが、頭を押さえた一人に、口をしっかりと塞《ふさ》がれている。

「気に入らない新入りなのか？」

俺は訊いた。仲間同士のリンチらしい。よくあることだ。

「よく解るじゃないか。あんたも娼婦やってたのかい？」

どっと笑う声。

「さあ、つべこべ言わずにさっさとやんなよ」

そう言って、押さえつけた女のスカートをめくりあげた。それから乱暴に下着をずらした。

「ほら、おっ立ててやったよ！」

女はげらげら笑って言い、せっかくだからと思ってことをすませたが、その間中、女たちは俺をはやしたて、ピーナッツとからかいやがった。

俺は心底腹をたてた。あんまり腹がたっちまったから、終わりやしない。まったく性《しょう》悪《わる》女どもはどうしようもねぇ。

2

モニカ・フォンフェルトンは、二十二歳の、愛らしい顔だちの娘だった。婦人警官になってから、もう四年になる。仲間の男子警官たちの評判もすこぶるよい。リンク街のつつましいアパートにカナリアと一緒に住み、料理は上手で、休日にはケーキを焼く。そして署の同僚をお茶に招待した。同僚たちで、モニカのお茶とケーキを楽しみにしている者も多い。

今年の九月から風紀課に廻され、主として立ちんぼう娼婦の担当になった。娼婦たちは、モニカと同じくらいの年齢の娘も多いから、時に気が重い仕事になった。

立ちんぼう娼婦について若干の説明をすると、娼婦は、正式の資格をとって仕事をする公娼が原則で、こういう女性たちはハンブルクのエロスセンターのような、公認の専用施設で商売をする。

ところが公娼の資格がとれない女性、あるいはとれても仲間との競争に勝てない女性が出る。まず年齢が若すぎるケース。十八歳に達しないと公娼の資格は獲れない。あるいは逆に年齢がいきすぎてしまい、あるいは肥りすぎたりして容色が衰え、集団の中で仕事を続けるのがむずかしくなったような女性、こういう女性がなお娼婦の仕事を続けたければ、非合法を承知で街に立つ以外にない。

彼女らの商売のやり方は千差万別である。街頭で交渉を成立させ、男のホテルへついていく者、自分のアパートへ連れ込む者、あるいはそのあたりの暗がりでことをすませる者もいる。非合法だから、ルールというものはない。

しかしこの頃最も多いケースは、車で乗りつけた客が車中から交渉し、成立すれば車に乗せて連れ去るという方法である。高名な「切り裂きジャック」事件の頃は、こういうやり方はなかった。

多くの立ちんぼうたちは、これを見越して車を停めるのに具合いのよい広い通りに立っている。けれどもこのやり方だと、娼婦の方からは客の姿がよく見えず、危険だ。だからこれを嫌って狭い路地に立つ者もいる。

いずれにしても街に立つことになった娼婦は、多く殺伐とした人生観を持つ。このため、警察としても彼女らを黙認のでいで放っておくわけにはいかない。そこでモニカたち風紀課の出番となる。

定期的なパトロールを欠かさず、未成年者は補導し、別の職業に就《つ》くよう勧める。しかし忙しいから、たいてい職業の斡旋《あっせん》まではできない。

モニカには、殺人課に勤務するカールという恋人がいる。長身でたくましい、ハンサムな金髪青年だった。お互い忙しい身だが、毎週三度はデートをして、二日に一度はモニカのアパートで会う。

モニカはカールのことを深く愛していたので、近々結婚するつもりでいる。結婚してもしばらくは今の仕事を続け、貯えができたら自分は主婦業に専念して、子供を産むつもりだ。彼女はまだ若いから、そんなふうに、いくらでも長期的な計画がたてられる。

九月十日、セックスのあと、ベッドでカールの腕を枕に寝ている時、彼がモニカの耳もとでこうささやいた。

「まだ愛してるかい？　ぼくのこと」

「もちろんよ」

と彼女は応《こた》えて、恋人の裸の胸にしがみついた。台所から、嫉妬するようにカナリアのひときわ高いさえずりが聞こえた。

「どう考えている？　ぼくのことを」

「どうって？」

「手軽にセックスが楽しめる重宝なボーイフレンドとか……」

「何言ってんのよ！」

モニカは笑った。

「あなたはお守りみたいなもの。ママからもらった十字架のペンダントみたいに、仕事中もいつも肌身離さず、心の中に持っているのよ」

「嬉しいな」

カールは言った。

「そう聞いたら、あげたいものがある」

カールは言って、冷たいものがモニカの裸の腹に置かれた。小さく悲鳴をあげた。ちょうど臍《へそ》の凹みに、その冷たい何かが押し込まれたからだ。

モニカは急いで起きあがり、腿のあたりにまで毛布を押し下げた。

「なあに？」

そして彼女は、まるでそこが最初から自分の棲《す》み家でもあるかのように、自分のお臍の凹みにぴったり塡《は》まって白く鋭く光っている小さな石を見つけて、もう一度悲鳴をあげた。

「これ、何？」

「知らないのかい？　ダイヤモンドさ。家に代々伝わっているんだ。以前お婆ちゃんがぼくにくれたものでね、昔うちの先祖が、王様にもらったものらしいよ」

「これを？」

モニカは自分の体からダイヤモンドをはずし、右手で持って蛍光灯の光に掲げてみた。

「君のものさ。お婆ちゃんがね、結婚する時お嫁さんにあげなさいって言って、くれたんだよ」

「まあ、素敵なお婆ちゃんね！　でも、高いものなんでしょう？」

「そうでもない、五カラットだよ。でも色がいいから、二万マルク（約二百万円）くらいかな。今は、ダイヤモンドも質が落ちてるからね」

「悪いわ、そんな高いもの」

「安いものさ、それで一生君のような美女の体が買えるのならね」

モニカは笑って、カールの厚い胸板にショートフックをかました。

「でも裸だわ、これ」

「指輪でもペンダントでも、好きなスタイルに加工するといい。もともとは、王様の時計についていたものらしいよ。その時計が壊れたので、召使たちにくれたんだ」

「ふうん……」

「でもこれが、一番立派なダイヤモンドだったらしい」

「どうもありがとうカール。一生大事にするわ！」

「指輪にするかい？」

「まだ解らないけど、指輪には大きくないかしら。婦人警官がする指輪としては、あまりに派手でしょう？」

「そうだね」

「肌身離さず持って仕事するわ」

「え？　危なくないかい？」

「大丈夫よ」

「落とさないでくれよ」

「もちろんよ」

「もうひとつお守りができたね」

「ええ」

「風紀課は大変じゃないかい？」

「交通課より楽よ。殺人課ほどじゃないわ」

「それはそうだ。もし君がぼくの課へ派遣されてきたら、すぐに退職願いを書かせるぜ、いいね？」

「嫌よ」

「どうして」

「しばらくは二人で働いて、住宅資金を貯めたいわ」

「これを頭金にすればいい」

「こんな由緒正しい宝石を手放しちゃ駄目。バチがあたるわ」

「何故《なぜ》君みたいなお嬢さんが、婦人警官なんかになったんだ？」

「変？　似合わないかしら」

「別に変じゃないけど、いい奥さんになって、レース編みでもしながらご主人の帰りを待ってるタイプだぜ。自分でもそう思わないか？」

「思う時もある」

モニカは頷《うなず》いた。

「そうだろう？　金曜日にはケーキを焼いて、土曜日にはベビー用品売り場をうろつくタイプさ」

「あらそう？」

「とてもじゃないが、腰に手錠をぶら下げるタイプじゃない。知り合った頃からずっと気になってた、どうして警官になった？」

「私の家は、代々警官の家なのよ。父も、祖父も、ひいお爺さんもよ。見くびらないで」

「だが、お母さんもお婆さんも、ひいお婆さんもってわけじゃないだろう？」

モニカは笑いだした。

「違うわ。でも私、女ばかりの姉妹の一番上だから、先祖代々の職業を守ってあげなくちゃって思ったのよ」
「自己犠牲の精神かい？　十字軍だね」
「そうは思わないわ。でも、時には空《むな》しくなるのよ」
「どんなふうに？」
「私たち、嫌な臭いに一生懸命消臭剤をかけ続けているようなもの。でもこんなことい
つまで続けていても駄目。腐った臭いを出すもとをなくさなくっちゃ。いつまでたって
も社会はよくならないわ」
「それは政治家の仕事さ」
「そんなふうに言ってしまえれば簡単だけど、娼婦問題の担当は私なのよ。与えられた
仕事をこなすだけでいいのかしら。給料の分だけ働いてさようなら？」
「君は学校の先生に向いてるんじゃないか？　いちいち生徒の家庭訪問でもしようって
のか？」
「できたらそうしたいわね」
「君一人では無理さ。ベルリンって街は多くの悩みを抱えている。娼婦の問題も、大き
く見ればその悩みから発生した腐臭のひとつさ。君一人で国境問題までを解決する気は
ないだろう？」
聞いて、モニカは少し笑った。
「自分の仕事に失望したのかい？」

　カールがささやくような声で尋ねる。

「そんなことないわ」

「君を見てると危なっかしいな」

「そう？」

「ああそうさ。婦人警官なんて、早く辞めさせたいね」

「辞めたくはないわ。大事な仕事よ」

「大事な、男の仕事さ」

「女の警官も必要よ。娼婦たちのスカートの下を、あなたに調べさせるわけにはいかないもの」

「ああ」

　カールは、金髪をかきあげながら笑った。

「君のスカートの下だけ調べられれば充分さ」

　そう言って、モニカをまたベッドに押し倒した。上におおいかぶさり、強引に唇を重ねた。

「待って、待って」

　悲鳴をあげながらモニカは言い、ダイヤモンドをサイドテーブルの上に、そっと置いた。

クスリをやって眠り込んじまった日だ、こんな夢を見た。どこか遠い、世界の果てみたいな人っ子一人いない交差点で、牛乳屋のトラックがオートバイと正面衝突した。トラックは横倒しになり、運転手の血と牛乳が、交差点の中央で混じり合った。俺は交差点に立って、その様子をじっと見ていた。白い陽光が照りつけ、俺のほかに、見物人は一人もいなかった。

3

よく見たら、地面は舗装道路ではないのだった。細かいひび割れがいっぱいに走っている、固められて乾いた、象牙色の土なのだった。

耳もとでひゅうひゅう風が鳴り、耳たぶが風にあおられるのが解った。歩くと、乾いた固い土の上で、パタンパタンと靴の音がする。すぐ耳もとから、脳天に響くような音だ。

交差点を後に、俺は歩いていった。すると、まるで映画のセットだった。建物が何軒かかたまってあるのは、交差点のあるそのほんの一角だけで、そこをはずれると、四方八方、見渡す限りの砂漠になった。裸の女みたいな起伏を見せ、その上のあちこちに、雲の切れ間から光線が落ちていた。

突然思い出す。俺は自分の情人を捜していたのだ。エルケ・ゾンマー、長く、俺の恋人だった女だ。彼女のために、俺は何でもした。あの女がそばにいた頃、俺は身を固め、やりたくもない会社勤めもやろうと決心したものだ。

あいつはわがままな女で、人に迷惑をかけるのを何とも思っていなかった。傲慢で、それを楽しんでいるようなところもあった。

待ち合わせの時間には、いつも遅れてきた。だが遅れても、来ればまだましな方だ。一時間でも二時間でも平気で待たせ、やって来たら来たで、何か買ってくれとねだるのだ。

水着も靴もバッグも、何でも買ってやった。自分は倉庫の屋根裏に住んで、パンと水で暮らしていたっていいと思った。あいつに何か買ってやり、あいつとの生活がうまく続くなら、俺はそれでもう満足だったのだ。あいつはそのくらいの魅力があった。まるきり、ルーヴルから抜けて来た美術品みたいだった。綺麗な足をして、ミニスカートがよく似合った。金髪で、抜けるように白い肌をして、どこにいても周囲の男たちの視線を釘づけにした。俺は誇らしかった。そうだ、あいつを誇りに思わない日はなかった。あいつは俺の、たぶんすべてだった。俺のどの部分のすべてかというと、そう、自尊心のすべてだったのだ。

そのエルケ・ゾンマーが、突然俺の前から姿を消した。その名の通り、あれは夏《ゾンマー》だった。強い陽射しに溶けるようにして、急にいなくなった。

衝撃を受けて、俺は捜し廻った。フロイトふうにいえば、俺の自尊心が、その時点でどこかへ姿を消してしまったのだから。

エルケは誘拐されたのだ。それを俺は追い、捜し求めて、こんな砂漠の街まで来たのだった。

やがて俺は、白く輝く乾いた地面に、点々と続く血を見つけた。エルケの血だ。それを辿《たど》って俺は、石のように固い、黄色い地面を歩いていった。

一軒の建物の前に出た。巨大な屋根つき競技場のようだったが、真新しい、新式の病院のようでもあった。着陸したUFOの、母船《マザーシップ》みたいにも見えた。

正面玄関らしく見えるあたりの、石の階段をあがっていった。二十四段あった。

ガラスのドアを押し開くと、まるでサッカー場みたいに広い部屋だった。一面に白いタイルを敷きつめてあり、どうやら巨大な手術室らしかった。手術台らしいテーブルがいくつも並び、その上にはおびただしい白いバケツが並んでいた。

中央に、白衣の男が立っていた。ピンク色のゴムの手袋をして、顔には黄色い覆面をしていた。

「ようこそレン・ホルツァー」

と白衣の男は俺の名を呼んだ。

「女を捜してここまで来たんだな？」

やつは言った。俺は肯定も否定もしなかった。他人が俺の行動をどう解釈しようと、そんなことはどうでもよいのだ。

ぼんやり空を見あげてみた。屋根があると思ったのはこっちの勘違いで、そこには抜けるような南国の濃い青空と、黄色と白のまだらの、おかしな格好の雲がいくつか浮かんでいた。

「レン・ホルツァー、おまえの気持ちは解る。だがあの女は、悪い女だ。おまえには、大変悪い女だ」

やつはまるで、大学教授が学生たちに向かって講義でもするような口調で続けた。俺はふと、父親という男は、こんな声をしているのかもしれんな、と考えた。

「あの女はもういない」

白衣の覆面男は言った。

「もう二度とおまえや、ほかの男たちを苦しめることはない」

男の声は、がらんとした広間に、凛々《りんりん》と響いている。

「今あの女をおまえに見せてやろう。あの女の本質がどのようなものか」

男はそう言って、もったいぶった仕草で、かたわらの手術台の上の白いバケツをとった。そして中から、しなびて濡れたソーセージのようにも見える、ピンク色の物体を高々とつまみあげた。長かった。ようやく両手でつまんで広げた。

見ると、ソーセージとは全然違った。赤い、柔らかい塊だった。上部中央に丸い塊があり、その左右に小さな玉がひとつずつついていた。男はその小さな玉のあたりをつまんで広げていた。左右の小さい玉から中央の大きな玉までは赤い紐でつながっていて、中央の玉から下は、長い筒型のぬめぬめした塊がぶら下がり、その下端には黒ずんで乾いた肉片があった。

「見ろ、これがエルケ・ゾンマーの生殖器だ。左右のこの小さな球は卵巣、中央の大きな球は子宮だ。その下にぶら下がっているのは膣で、その先端にあるものが小陰唇、これがエルケの女だ」

そう言ってやつは手を離した。エルケの生殖器は、ぴしゃと音をたてて、白いタイルの上に落ちた。そして濡れた板のようになった。

俺は、体中が震えるほどに感動した。じっと小陰唇を見つめた。床に転がった小陰唇は、ただそれだけでは性的な対象ではなかった。ただの乾いた肉片だ。鶏のとさかに似ていた。

「これは消化管だ。これが舌だ。普段口の中にある」

やつはまるで手品でも始めるかのように、バケツの中からぬるぬるとした管を、ずるずると引き出した。肉の管から、液体がポタポタと白い床に垂れた。しかしその色は、不思議にも青いインクの色をしているのだった。

「これが食道、この固まりが胃だ。これが膵臓《すいぞう》、これが十二指腸、だんだん下がってそれから空腸……」

男は、肉の管をずるずるとバケツからひきずり出す。

「そしてこのあたりから回腸、すなわち小腸だ。五、六メートルもある」

床の上に、おびただしい量の内臓が、ぐるぐるととぐろを巻く。激しく、血と臓物の臭いがした。

「これが盲腸、虫垂、結腸、直腸……」

臓器が黒ずみ、太くなる。まるでこれまで見たことのなかった、珍種の爬虫類《はちゅう》のようだった。

「そして先についているこれが肛門、これで終点だ。人間をひと口で言うなら、一本の管だ。口から肛門まで、たった一本のパイプでできている。その長さは人間の身長の五、六倍もある。これに生殖器がついているのが女だ。解ったか？」

俺は、わくわくした思いで頷《うなず》いた。喜びが後から後からこみあげ、激しく興奮した。性的な昂《たか》ぶりに近いものだった。愉快で愉快で、大笑いがしたかった。

だが笑いの気分がおさまると、一転地獄へ行くような絶望感が俺を充たした。昂ぶりはまだ残っているのだ。あのエルケ・ゾンマーがもう永久にいなくなった、この地上から姿を消した、その思いが、激しく俺を昂ぶらせたのだ。そして細かい肉の破片になった――。

白いタイルの床は、おびただしいエルケの血と体液で濡れていた。しかしその血の色は、何故か青いインクの色なのだった。見あげる空の色と同じだ。

俺は、絶えずくらくらと来る眩暈《めまい》に堪えて立っていた。体全体が、絶えずぴりぴりと振動する。

ふと気づくと、白衣の男の背後のテーブルに、裸の女の体が横たわっていたのだった。男がその向こう側に廻り、頭部を持って起こした。

すると、天空から鎖が降りてきていた。エルケ・ゾンマーの首のあたりが、その鎖の先端に引っかけられたようだ。彼女の体が徐々に吊りあげられ、ついにはぶら下がった。

彼女の体の胸と腹はぱっくりと開き、中は空だった。背骨の影が、陽に透けて赤黒く見えた。しかし吊り下げられたまま、エルケはじっと、上目遣いに俺を見た。相変わらず、ぞくぞくするほどに魅力的な顔だった。

それから男はゆっくりと覆面をとった。下から現われた顔は、俺自身なのだった。

俺はゆっくりと背後を振り返った。するとそこは、見渡す限り、長い長い海岸なのだった。砂浜のかわりに、白いタイル敷きの渚があった。ごくゆるやかなそのタイルの斜面に、波が寄せては引いた。遠くに、燃えるキリンが見えた。

エルケ・ゾンマーは、俺を捨てた女なのだった。今頃どうしているのか。大方大金持ちのパトロンでも見つけ、メルセデスの助手席にふんぞり返っているのだろう。あの女の肌に、ナイフのきっ先をあてがってみたい。おお、それができたらどんなにいいだろう！　あの女がそばにいるうち、やっておくのだった。

日本製の水鉄砲のボンベに、青インクを注入した。日本製のこの玩具は大したもので、ガンはチューブでボンベにつながり、ボンベの水がなくなるまで、何度でもインクを発射できるのだ。ボンベを背中にしょったり、上着の下に隠し持ったりしておけば、水鉄砲のマシンガンというわけだ。

俺がこんな玩具を買ったのは、ポツダム通りに立っている娼婦どもを、これで撃ってやりたいからだ。俺の顔を見るたび、やつらは手ひどい悪態をつく。胸がむかつくようなからかい方をする。

どのくらい俺が頭にきているか、目にもの見せてやる。馬鹿な世間を相手に、俺は一生懸命やった。身を粉にして働いた。だが、何も変わりはしなかった。やつらは絶対に俺のことなど認めない。金持ちは相変わらず金持ち、貧乏人は貧乏人のままで、俺はいつまで経っても倉庫暮らしだ。どこまで行ってもおんなじ。レールみたいなもんで交わることはない。

エリートはエリート、クズはクズ。世にも最低の俺たちが、どんなに頑張っても一流の仲間入りができるわけじゃない。クソったれの馬鹿野郎ども！　やつらに目にもの見せてやれたら、どんなに気分がいいだろう！

馬鹿には、どんなに説明したって馬鹿だと解らせる方法はない。あの能なしどもに、自分らが何ひとつものが見えていない盲人だということを解らせるためになら、俺はどんなことだってやる。何だってやる。命だってちっともおしかねぇ！

家に火をつけて、体を八つ裂きにしてやれたらどんなに気が休まるだろう。俺はいつだって夢に見る。エリート面した低能どもや、クズの中のクズの娼婦どもを、ずたずたに切り刻んで、細切《こまぎ》れのひき肉みたいにしてやる夢を。

どうでもいいことだが、まったく娼婦どもは気に入らねぇ。馬鹿に呑《の》ませる薬はない。人の面見ると、嘲笑《あざわら》うことしか考えねぇ。ショック療法が一番だ。電気ショックか、さもなきゃメスで腹腸《はらわた》えぐる外科手術以外に、いったいどういう治療法があるっていうんだ。教えて欲しいもんだぜ。

4

一九八八年の九月二十四日、正確には九月二十五日の未明、全ドイツを震撼《しんかん》させるような事件が起こった。

午前二時十五分、モニカ・フォンフェルトンは、同僚のやはり風紀課の署員クラウス・エンゲルモーアと、深夜の巡回をしていた。ポツダム通りは静まり返り、少し霧が出ていた。ベルリンには珍しい霧だった。

ポツダム通りからコンスタルト街へ向かう路地は、メアリー・ヴェクターという娼婦が縄張りにしていた。植込を持つ住宅が並んだ、閑静な一角だった。

メアリーは、アイルランド出身の娼婦だった。年齢は四十を少し出たところ、決して美人ではなく、かなりの肥満体型だった。妊娠したような腹をいつも毛皮のコートから突き出し、淋しげな風情《ふぜい》で立っていた。近寄ると、決まってジンの臭いがした。安いジンの瓶をハイヒールの足もとに置いて、それが深夜の寒さしのぎのつもりらしかった。ベルリンの九月は冷える。

メアリー・ヴェクターの「仕事場」へ向かいながら、クラウス・エンゲルモーアはモニカに、給料をもらいながらの深夜のデートはおつなものだと軽口をたたいた。クラウスが自分に少し気があることを、モニカは知っていた。

もっともこれはクラウスに限らない。ベルリン署の若い男は、殺人課の刑事から交通整理の巡査まで、多かれ少なかれモニカに関心は持っていた。何といってもモニカは、婦人警官としてはまれにみるほどに愛くるしい容姿をしている。警察官の新規採用募集のポスターの、モデルにされたこともあるほどだ。

「デートじゃないわ、喫茶店も映画館ももう開いてないわよ」

言いながらモニカは、雰囲気を、もっと鹿爪《しかつめ》らしい方向にもっていくにはどうしたらいいかと思案した。

突然、そんな心配の必要がなくなった。人通りの絶えた路地の空気を震わせるようにして、女の悲鳴が聞こえたのだ。

距離はなく思えた。メアリー・ヴェクターの声らしかった。モニカはとっさに腕時計を見た。午前二時二十分だった。クラウスと二人、走りだした。

フロッデン小路と呼ばれる、メアリーがいつも立っている路地まで、約四十メートルというところだった。

フロッデン小路に駈け込むと、グリーンの鉄柵に背でもたれ、メアリー・ヴェクターはうずくまっていた。顔や首筋のあたりを、彼女は両手で押さえているらしく見えた。五十メートルばかり先を、全速力で駈けている男の姿が見えた。たちこめはじめた霧に、彼の背中は次第にまぎれていく。石畳に響く足音も、次第に小さくなる。誰かが全力で逃げていく。

「モニカ、彼女の世話を頼む。俺は追う!」

叫んで、クラウスは駈けだしていった。モニカは、うずくまったメアリーに寄っていった。

この時見たものを、モニカはのちにこう説明している。

「本当に恐ろしい光景でした。神の存在を疑ったほどです。メアリーの首筋にはぱっくりと大きな亀裂が走り、それを押さえている彼女の指の間から、絶えず黒い血——暗かったからそう見えたのです——が噴き出していました。

もっと怖かったのはお腹です。抱き起こそうとした私の左手が、まるでぬかるみに手を差し込んだように、ぬるぬるになりました。見ると、彼女は黒い絹のブラウスや下着ごと、上から下へと、一直線にお腹を切り裂かれていたのです。彼女の内臓の一部は、舗道の石畳の上にまではみ出していました。

大声で悲鳴をあげました。いえあげたつもりなのですが、全然声になりませんでした。自分が警察官であることを思い出そうとしましたけれど駄目で、どうしていいのか全然解らず、同僚のクラウスが戻ってくるのをすわり込んで待っているだけでした」

クラウス・エンゲルモーアの方は、必死で走ったのだが足の速い男で、路地から路地へと逃げ廻り、ついには逃げられてしまった。通行人に協力を求めようにも、淋しい地区で、人通りはまるでなかった。

メアリー・ヴェクターの立っていたあたりにクラウスが戻ってくると、放心してすわり込んでいるモニカをまず発見した。

「逃げられちまったよ、トレーニング不足だな」

とクラウスはまず言ってから、モニカの異常に気づいた。モニカの目は大きく見開かれ、焦点が定まらなかった。気を失っているような様子で、同僚の言葉にもまるで反応がない。彼女の指先は、どす黒い色に染まって見えた。

「モニカ」

クラウスが同僚の名を呼んだ時、彼女が黒く染まった左手を持ちあげ、前方を指し示した。

そこに、まったく奇妙な物体が存在していた。メアリー・ヴェクターが地面に尻餅をつき、やや湿り気をおびた石畳の上に両足を投げだして、鉄柵にもたれていた。両腕はだらりとして力なく、体の左右にあった。そして彼女の左肩に、蛇のように見える何かが載っていた。

彼女が死んでいるのはすぐに解った。何故なら、彼女の腹部が、ブラウスごと鳩尾《みぞおち》から下腹部まで、大きく切り降ろされていたからである。革のミニスカートも、半分くらい切り裂かれ、パンストの上部が覗いていた。黒いブラジャーだけは無傷のようだった。

まるで蛙《かえる》の解剖死体だった。ぱっくりと口を開いた腹部から、はるか遠い水銀灯の光線で、ところどころピンクに見えるおびただしい臓物があふれ出し、崩《くず》れ落ちるようにして、開いた足の間に落ちていた。犯人が、内臓をひきずり出したらしい。

ひきずり出された内臓は、黒ずんだ石畳に届き、土に戻ろうとして裏切られた爬虫類の群れのようだった。腸は切断され、その先端部が彼女の左の肩にかけられていたのだ。人間という不可解な生き物の秘密が、ベルリンの夜の暗がりに晒《さら》されていた。血と、おびただしい臓物のたてるひどい臭気、それにジンの強い臭いが、あたり一面に充満していた。

クラウスも息を呑んだ。三十八歳、警官の仕事が長い彼も、これほど凄惨《せいさん》な死体を目の前にするのははじめてだった。

「おいメアリー」

思わずそうつぶやいて、彼はメアリーの前にしゃがみ込んだ。モニカは風紀課へ廻されてきてまだ二週間だが、クラウスの方は長いから、それなりに面識もあり、長いつき合いの娼婦だった。

頬に触れてみると、まだわずかに体温の名残りが感じられ、かすかな死の痙攣《けいれん》が、二度ばかり、クラウスの指に伝わった。それが、この狂気の所業が為《な》されてまだわずかな時間しか経っていないことを語った。クラウスが顔を近づけると、血も臓物もまだぬくもりを留《とど》めているらしく、冷えた石の上で、ごくかすかな湯気をたてている。それが、夜の霧にまぎれていく。

5

暗がりで俺は目を醒ます。またエルケ・ゾンマーのことを考えていた。他人はあれを夢というのだろうが、夢などではない、思考だ。

ゾンマーと俺は、時おり気が向くと、何日かこの部屋で寝起きをともにした。思えばあれは、バクテリア同士の結合のようだった。エルケ・ゾンマーは、全身が舌のような女だった。巨大な舌が、俺の部屋の隅々を、床を、ベッドを、壁を、ドアを、べとべとにした。彼女の粘液のたてる特有の臭いに俺は四六時中くるまれていて、馴《な》れるとそれは、悪いものではなかった。羊水の中で膝を抱える胎児に戻ったようだった。

ねとねとに濡れた寝床の中であいつの裸身を抱きしめていると、体液の中で蠢《うごめ》く内臓器官に、揃って変貌したようだった。二本の内臓器官がもつれ合い、からみ合って、ぬるぬると動いている。あいつが俺の生殖器官を口に含む時、その柔らかい、しかし芯はしっかりと固い独特の舌でしゃぶり廻し、圧迫し、強く弱く吸いあげるような時、二本の内臓器官は一本の輪になり、一本は一本のうちにずるずると呑み込まれて、肛門をブラックホールに、やがてつるんと異次元へと消滅してしまう。

まさしくそれこそが、エルケ・ゾンマーの性的吸引力だった。すべてが夢の中へと収《しゅう》斂《れん》し、膨らみしぼむ心臓の筋肉のような、それとも後ろからつながる時に眼下、鼻先で膨らみしぼみする彼女の肛門のような、いつもしめりけを帯びた両棲類の表皮にと世界のすべてが変貌する。そうしてこの世の自分の罪もすべて消滅する。そういう誘惑が、エルケという肉塊にはあったのだ。

メスで刻まれて、一センチメートル四方の立方体になった兎《うさぎ》の心臓の筋肉が、生理食塩水を充たした広口ビーカーの中で、永遠に収縮運動を繰り返すその痙攣にも似た欲動は、漆黒の宇宙をあてもなくさまよい、純白のヴィニールのなまめかしさでいつか俺を包んでしまう。

エルケ・ゾンマーの肉塊を両腕にかかえていると、その目から鼻から耳から、口から性器から尿道から肛門から、若い女特有の青い毒が果てしなく、チューブ入りゼリーのようにゆるゆるとはみ出してきた。

だがあいつが去った今、絶えず濡れていたこの部屋のドアは、白く乾いてひび割れ、壁はまるで砂漠の岩塩のようにささくれだった。あの濡れた感触を、俺はどうしてもとり戻さなくてはならない。でなくてはもう生きてはいけない。解るだろう？

6

モニカ・フォンフェルトンは、明け方になってようやく、リンク街の自分のアパートに戻ってきた。鍵でドアを開けると、ベッドルームから恋人カールの軽い寝息が聞こえていた。合鍵で入ったのだろう。署内で事件を聞き、心配してきてくれたのだ。

ベッドルームは暖められていて、モニカは恋人の髪の、かすかな陽なたの匂いを嗅《か》いだ。その様子が、極限まで昂ぶったモニカの神経を、ようやく安堵《あんど》させた。少しも停まる気配なく続いていた両膝の震えが、やっとおさまる兆候がきた。

服を脱ぎ、バスルームに入った。署で何度も洗った両手に再び石鹸《せっけん》をぬりながら、シャワーのバルブをひねった。

体から、絶えずたちのぼる血の臭い。そして臓物の臭い、加えてわずかな安酒の臭いだ。風紀課に来て日が浅いせいもあるが、ひどいショックを受けた。お湯を浴びながら、裸の乳房を抱きかかえるようにすると、涙がぽろぽろとあふれた。今さらのように体ががくがくと痙攣して、タイルの上にしゃがみ込み、歯を食いしばって泣いた。

丁寧に体を拭き、タオル地のロウブだけを肩にかけ、食卓に置いたカナリアの鳥籠の前に行った。籠に人差し指を入れると、鳥が目を覚ましてさえずりはじめる。その声を聞きながら、体が乾くのを待った。

それから籠に手を挿し入れ、カナリアを指に載せると外へ出し、くちばしに唇を近づけてキスをした。そうしておいて鳥を中に戻し、ロウブの袖に両腕を通すと、寝室へ歩いていって、カールの横にそうっと身をすべり込ませた。

青年の髪がたてる懐かしい匂い、そしてたくましい背中が、何よりも嬉しかった。背後から抱きつくと、彼が目を覚ました。

「帰ったのかい？」

かすれた声でささやき、あおむけになると、頭の下に腕を通してきた。頭を持ちあげ、その腕を首の下に敷く。するとぎゅっと抱き寄せられた。

「ひどい目に遭《あ》ったらしいね」

優しく彼が言い、額にキスしてくれた。

「ええ。書類作成でくたくたよ」

甘える気分でそう応えると、体はまたぶるぶると震えはじめる。思い出したのだ、現場でのあの眺め。

「まるで切り裂きジャックだな」

カールがささやいた。

「そんな死体、俺もまだ見たことないよ」

「でも警官だもの、仕方ないわ」

モニカは応える。言って、遊んでいるカールの右手をたぐり寄せ、軽く唇を触れた。

恋人を、今夜ほどありがたく、また頼もしく感じたことはない。恋人がいて、本当によかったと思う。カールがいず、もし今冷えた部屋に一人帰ってきたのなら、明日からまた警察官を続けていく自信がはたして湧いたかどうか、ちょっと自信がない。早く結婚したい、と思う。結婚して、早く両親を安心させてやりたい。だがそれより何より、一人で暮らしていくのは、もうあまりに心細すぎる。

その時、モニカが一瞬動作を凍りつかせた。カールの指先に、見憶えのない青い痣《あざ》のような色が見えたからだ。

インクらしかった。鼻先にひき寄せ、しげしげと眺めた。間違いない。インクのしみだ。

「どうした？」

カールが、眠そうな声を出し、訊く。

「これ、どうしたの？」

モニカは、しみのあたりに軽く親指の爪をたてた。

「どうもしないさ。シュトロゼックのやつの万年筆が古くてさ」

少し不快そうに、彼は言った。

モニカは無言だった。胸の内で、小さな竜巻が起こった。感情が昂ぶっているからだ、そう彼女は考える。

毛布の下で、もがくように体をくねらせ、タオル地のロウブを脱ぐ。そして熱い息をカールの耳のあたりに吐きかけながら、インクのしみのある大きな右手を、自分の乳房に導いた。この恐怖心と不安を解消する名案だ、と自分では思っていた。

「モニカ、寝かせてくれないか、今夜は眠いんだ」

カールはさっさと言い、身をもぞもぞと反転させて、大きな背中を再びモニカに向けた。まるで絶壁のように、男の巨大な背中が、彼女の鼻先に立ちふさがった。

モニカの心の竜巻に、火花が混じった。それでかすかに感じていた眠気が、さっと消えた。

7

九月二十五日午前四時、ポツダム通りの二本裏手の、クーゲル通りに住む雑誌記者マインツ・ベルガーは、霧の中に白い息を吐きながら、家路を急いでいた。

雑誌の仕事はどうしても時間が不規則になる。それにしてもこれは少々異常だった。もうすぐ夜が明けるだろう。早く暖かいベッドにもぐり込みたい。今日は日曜だが、また昼前には出社しなくてはならない。

クーゲル通りへ抜ける路地に入った。ここを抜けたあたりにわが家はある。自然早足になる。ここにいつも娼婦が立っているのだが、もうさすがに帰ったろう、そう思いながら歩いていくと、石畳の上に、レッグウォーマーをつけた足が投げだされていた。

マインツはうんざりした。また安酒に飲んだくれ、眠っているのだ。足を踏まないように迂回した。難癖をつけられても困る。その時、かすかな異臭に気づいた。魚の臓物の臭いのような、それとも泥と汚物の臭いのような、一種独特の臭気だ。そしてこれらに混じり、アルコールの臭いもぷんと鼻にきた。

立ち停まり、道路で眠り込んでいるらしい娼婦を見おろした時、三十三歳になるマインツだが、思わずわっと悲鳴をあげた。

やや小肥りの娼婦が、あおむけに倒れていた。両手は万歳をするように、頭上に伸ばしていた。首の横に、ぱっくりと三日月型の亀裂が口をあけている。そこから大量の血が流れ出した形跡があり、今はもう止まっていた。

しかしマインツが悲鳴をあげたのは、首筋のせいではない。彼女の腹だった。

ショート丈の毛皮を着ていたが、前はとめていず、はだけていた。

洋服のはだけ方は下のブラウスにも及び、さらにはその下の皮膚にまで及んだ。つまり皮膚が切り開かれ、内臓が露出していたのだ。

ブラウスごと切り裂かれたようで、ブラウスの布地は裂け、ボタンのいくつかはちぎれて飛んでしまっていた。ブラジャーだけは、血に染まっているだけで、ほとんど無傷に見える。スカートの前部は切り開かれているが、パンストは残っていた。

その上に、内臓が載っているのだった。内臓は、近所の水銀灯の明りに照らされ、ぬめぬめと今も濡れて光っていた。そして内臓の中身も石の上にあふれ出て、臭気を発していた。

路地の暗がりに横たわる物体は、そこにだけ別の生命が宿っているように感じられる。女の体はもうぴくりとも動かないが、その体内から出た柔らかげな軟体動物は、かすかな呼吸でもするように、わずかに、ゆるやかに、蠕動《ぜんどう》運動を繰り返しているように錯覚された。マインツは立ちつくし、しばらく見つめた。


目を覚まし、居間の方角を見ると、開いたドアのすきまから、カールの背中が少しだけ見えた。テレビを観ているらしい。ニュースを読みあげる、女性アナウンサーの声が聞こえる。ゆうべの、メアリー・ヴェクターの事件を報道しているのだ。かすかに聞きとれるその声を、モニカは寝床の中で聴いた。

驚いたことに、娼婦殺しはメアリー・ヴェクターだけではないのだった。同じポツダム通り界隈《かいわい》の、半径二百メートルばかりの円の中で、なんとほかにも二件、合計三件もの猟奇刺殺事件が同時発生しているという。モニカの目がぱちりと開いた。

睡眠不足の頭を振りながら、モニカはのろのろと体を起こした。ロウブをはおり、スリッパを履いて、居間の方へ出ていった。

「ああモニカ、大変な事件だ、ぼくはすぐに行かなくちゃならないよ！」

カールはせかせかと言った。

「コーヒーは沸かしておいた。パンもチーズもいつものところだ。じゃまた今夜」

カールはそう言って立ちあがり、いそいそと出ていこうとする。

「待って!」

モニカは呼びとめる。

「何か言うことはないの?」

「さっきはごめんよ、愛しているよ」

後ろも見ずに言うと、カールは上着を取って抱え、表に出ていった。

モニカはソファに腰をおろした。そして、ニュースの続きを観た。

殺された娼婦の名は、アン・ラスカル、そしてマーガレット・バクスター、いずれも英国名だった。そういえばメアリー・ヴェクターも、どちらかと言えば英国人らしい名前だ。英国人に怨《うら》みを持つ偏執狂の犯行か、とアナウンサーは語る。

いずれも首筋の頸動脈をひと掻きにされ、鳩尾《みぞおち》から下腹部にかけ、縦一文字に切り降ろされている。まるで外科医のような、鮮やかな手口であるという。

三件ともに人通りのあまりない淋しい地区での凶行だが、石敷の舗道上に、内臓がはみ出しているような惨状だという。内臓は、露出させられたのち、さらにナイフで切り裂かれている箇所があり、腸は切断されて端が肩にかけられている。よほどの変質者とみられる。

さらに特徴的なことには、三人とも、何故か顔に青インクをかけられた跡があるというのだ。犯人は、理由はまったく不明だが、いったん青インクを顔にかけ、それから鋭利な刃物で喉に斬りつけ、腹を裂いている。不可解な凶行というほかはない。そうアナウンサーは告げる。ベルリン署に、本日より特別捜査本部が設けられるという。

モニカはテレビを切り、もう少し眠るためにベッドに戻った。

8

二十五日日曜日は、午後から雨になった。夜半に入ると雨脚はさらに強くなり、午後十時、十一時と夜が更けるにつれ、土砂《どしゃ》降りになった。

ベルリン署は、空前といえるほどの大捜査網を敷いていた。殺人課に風紀課、交通課までがポッツダム通りの巡回にかり出された。変質者の殺人鬼が出現するのはポッツダム通りとは限らない。むしろ今度はツォー駅周辺、あるいはクーダムの裏通り、またローレンドルプラッツ駅付近など、立ちんぼう娼婦の多い別の地区にところを変えて凶刃をふるってくる可能性の方が高いから、要パトロール地域は非常な広範囲に及ぶ。加えて西ベルリン中にパトカーが配置され、いざことが起これば、無線連絡ひとつで、すべての道路の要所が寸断、封鎖される態勢が整えられた。

モニカ・フォンフェルトンとカール・シュワンツは、この夜はツォー駅周辺のパトロールに動員されていた。刑事も制服巡査もヴィニールの雨ガッパを着込み、警備の目を光らせていた。

雨の日など、娼婦は街に立たなければよいのにと思うが、意外にもこういう夜こそ、彼女らは商売になる。雨の中を車で乗りつけ、車内へ誘い入れるなら、晴れた夜より人目につきにくい。だから傘をさして立つ娼婦たちに、家に帰るようモニカが命じても、いっときその場は動くが、いつのまにか戻ってきている。そして警官たちの目が届きにくい暗がりに移って立っている。

やがて午前零時を過ぎ、九月二十六日月曜日の未明となった。二時、カールが相棒のペーター・シュトロゼックと並んで古いビルの黒ずんだ壁の前に立ち、煙草に火をつけようと苦心していたら、モニカ・フォンフェルトンが一人でやってきた。時間なので、自分はもう帰宅するという。

気をつけるようにとカールは言った。殺人鬼が、警官は襲わないという保証はない。大丈夫よ、拳銃も持ってるから、とモニカは言った。そしてカールとペーターに手を振り、去っていった。

その後もカールたちは、ビル街の路地に十五分ほど立ち続けた。そして、雨が石畳の舗道にはねる音に混じって、かすかな悲鳴を聞いた。

カールとペーターは顔を見合わせ、続いて並んで駈けだした。声のする方へ来たつもりだったが、悲鳴の主は見あたらなかった。

「手分けしよう、俺はこっちへ、君は向こうだ」

カールがペーターに言い、二人は別々の方角へ駈けだした。

十メートルばかり走った時、カールはベルリーナ・バンクの壁に、奇妙なものを見つけた。白いクレヨンで、次のような一文が殴り書きされていたのだ。

「ユダヤ人は、みだりに非難を受ける筋合いはない」

ドイツ語だった。足を停め、カールはこの文章を素早く目で読んだ。

ペーター・シュトロゼックの方は、もっと重大な異常に行き遭っていた。雨が叩く石畳の上に、女の白い足が投げだされているのを見たのだ。ストッキングを穿いた足が、太腿《ふともも》まで露出しているのだが、その腿のあたりが妙に黒ずんでいた。黒ずみが雨に打たれ、筋をひいて流れている。血だ！

ペーターは駈け寄り、しゃがみ込んだ。抱き起こそうとした時、絶望に襲われ、ほとんど悲鳴をあげた。即座に、大声で同僚の名を呼んだ。

「カール！　カール！　救急車だ！」

犠牲者は、ヴィニールのレインコートと一緒に、スカートの前部までも刃物で切り裂かれているらしかった。おびただしい血だったが、傷の程度は解らない。そして犠牲者は、警官の制服を着ていた。モニカだった。

カール・シュワンツがペーターの声を聞きつけてとんでくると、やはり絶望の悲鳴をあげた。恋人の体にとりすがり、傷の具合を調べはじめた。ペーターがカールの手からハンディ・トーキーをもぎ取り、救急車をよこすようにと大声でわめいた。わめきながらモニカ・フォンフェルトンの顔を見ると、しっかりと瞼を閉じ、少しも開く様子はない。

ハンディ・トーキーに、別のわめき声が入ってきた。

「やられてるぞ！　クロデール小路だ、十四番。娼婦がやられてる！　腹を裂かれている！　ひどいありさまだ、内臓がはみ出している、ああなんてこった！　応援頼む！」

雨の中を、駈けだしていく足音がする。クロデール小路なら近い。また別の声が聞こえた。

「こっちもだ！　トンプソン小路。血まみれだ、おお神様！　トンプソン小路五十七！急いでくれ！」

トンプソン小路ならさらに近い。このすぐ裏手だ。

クロデール小路では、激しい雨の中、モーガンという巡査がハンディ・トーキーを口にあて、仁王立ちでわめき続けていた。

「みんな急いでくれ！　ひどいもんだ！　ひどいもんだ！」

路地から少し入ったあたりに、木箱を積みあげたビル裏の空き地がある。裏口への石段の陰から、女の白い足が覗いている。ストッキングを穿いた太腿が、石を叩く雨脚のはね返りで、黒く汚れている。

太腿のすぐ脇に、赤黒い肌の大蛇のように、内臓がとぐろを巻いていた。小腸や胃など、消化器系の器官を手でひきずり出したらしい。そして大腸は切断され、先端は左肩にかけたようになっていた。その腸も、ナイフでめった刺しに切り刻まれている。赤黒い血と体液、そして腸の内容物も石の上にあり、雨が絶えず洗い続けていた。

雨の中、モーガンは顔をしかめて立ち、その様子を見降ろし続けた。見るに堪えない光景だったが、雨のせいで、臭いはそれほどしなかった。それが救いだ。ただ湿った街の匂いと、絶えず口にとび込む雨の味があった。


モニカはまだ死んではいなかったが重傷で、二十六日が峠というところだった。腹部と大腿部の肉を大きくえぐられていて、出血多量だった。発見と、救急車の到着がもう少し遅れたら、命はなかったろう。血液型が共通する恋人カールの大量の輸血で、現在生死の境をさまよっている。

娼婦二人を襲った殺人鬼が、行き遭った婦人警官にも凶刃をふるったとみられる。まだ話せる状態ではないが、モニカはしたがってその顔を見ているだろう。その意味でもモニカの回復は、捜査員全員の熱望するところだった。

しかし犯人は逃げおおせた。あれほどの捜査網にもかかわらず、モニカ以外に犯人らしき人物を目撃した者はない。警官からも、警官以外の人間からも、目撃者は出なかった。交通検問の方も、収穫はまるでない。この点は、実に不可解だった。

モニカの倒れていた場所から十メートルほど離れた路上に、凶器と思われる大型のナイフが落ちていた。西ドイツ、アロイゲル社製の軍用ナイフだった。三人の女性の血や体液がこびりついているはずだったが、激しい雨のせいで、血はすっかり洗い流されていた。

九月二十六日月曜日、午前二時頃の犠牲者は、婦人警官のモニカを別にすれば、娼婦二人だった。

一人はジュリア・カスティ四十四歳、イギリス系ドイツ人である。クロデール小路で発見された。

もう一人はキャサリン・ベイカー、三十七歳、これもイギリス人だ。トンプソン小路で発見された。

二人とも、前日の犠牲者三人と状況は似たようなものだったが、大きく違うところはキャサリン・ベイカーだ。彼女もほかの四人と同様、頸動脈を掻き切られて死んでいる。が、腹部に、内臓が露出するほどの大きな外傷は受けていない。その点では、モニカのケースにやや状況が近い。しかし、浅からぬ刺し傷は、胸、腹部、大腿部等複数受けていて、大小合わせると、傷は十数箇所に及ぶ。充分惨殺と呼ぶべきだが、ほかの四件の殺人状況があまりに残酷なので、較べれば少々目だたない。

雨の中の殺人二件は、いずれもクーダム通りから一本ないし二本裏通りで起こっている。両者間の距離は約五十メートル、きわめて接近している。トンプソン小路のキャサリン・ベイカーからモニカ・フォンフェルトンの襲われた場所までは、わずかに二十メートルというところで、したがってこの三者の位置関係は、半径わずかに三十五メートルの円内で起こったという言い方が可能となる。だがジュリアとキャサリン二人の殺された現場から、その前夜殺された三人、メアリー・ヴェクター、アン・ラスカル、マーガレット・バクスターの現場であるポツダム通りまでは、およそ三キロメートルばかり離れていた。

雨の夜明けの殺人事件は、さいわいなことに二件で終了だった。のみならず、ベルリン中を震撼させた娼婦連続猟奇殺人事件は、五件だけでぱったり鳴りをひそめ、以後一件も追加される気配はなかった。ポツダム通り付近の三件、ツォー駅付近の二件、この五件ですべてである。

もっともそれはずっと後になって判明したことであって、以後たっぷり一ヵ月間というもの、ベルリン中が恐怖のどん底に叩き込まれた。六番目の殺人が今夜起こるか明日起こるかと住人は不安におののき、連日にわたる大捜査網も、犯人の影さえ捕らえることができない。警察の威信は日を追って揺らぎ、ついには警視総監が、謝罪記者会見を行なうまでの事態に発展する。

重傷を負ったモニカ・フォンフェルトンは、二十六日深夜にいたり、奇蹟的に一命をとりとめた。なんとか小康状態を回復はしたが、まだとても話せる状態ではない。体もだが、精神的に大きなショックを受けている。また医師の話では、後遺症が出るおそれが充分で、右足をひきずるようになる可能性が高いという。この報告に、カール・シュワンツが衝撃を受けた。そして故郷からやってきた彼女の両親が、続いてショックを受けた。

9

九月二十六日、テレビやラジオ、そして夕刊が事件を報道すると、ベルリン中がパニックに巻き込まれた。あちこちで臨時集会が開かれ、テレビは一日中特集番組を流した。教育者委員会から娼婦たちまで、多くの婦人団体が会合を持ち、夜のベルリンの街はもう歩けないと、おのおのが警察とマスコミに訴えた。ベルリン警察の郵便箱は投書の山に没してしまい、警察の電話はひっきりなしに鳴り続けた。

おびただしい投書に、犯人逮捕に役立ちそうな情報は皆無だった。目撃報告の類《たぐ》いはいっさいなく、近所に変質者めいた無職の男が住んでいるといった中傷めいた投書が大半で、残りは抗議だった。

最もヒステリー症状が著しいのはテレビで、婦人向けに護身術の番組を流し、婦人に怨《うら》みを抱きやすい男性の性格分析や、人相の解説まであれこれ行なった。

特別番組の座談会で、有識者が、現在職に就いていない医師が疑わしいと不用意な発言をすると、医師国家試験に何年も浪人している青年が街で暴行を受けたりした。

護身用の催涙スプレーがとぶように売れ、軍放出のナイフが、売上げを何倍にも伸ばした。街の空手や柔道の道場は、二十六、七日の二日で入門希望者が殺到し、「満員につき入門お断わり」の貼紙を入口に出すほどだった。

ポツダム通りやツォー駅付近の殺人現場は、昼間のうちは見物の野次馬で大混雑だったが、陽が落ちれば人通りが絶え、深夜にいたれば一転ゴーストタウンとなった。立ちんぼう娼婦の姿はさすがに街から消え、しばらくは部屋でおとなしくしているだろうが、やがては生活擁護の訴えを起こすだろう。

現在徹夜で事件の特集号を編集している新聞、雑誌は、間違いなく記録的な売上げを達成するだろう。

西ベルリン中が、かつて経験したことのない種類の興奮に湧いていた。子供からおとなまで、男性も女性も、われを忘れていた。興奮は殺人者への恐怖の故か、それとも事件への興味の故か、彼ら自身にも解らなかった。

捜査本部の会議室にカール・シュワンツが入っていくと、すでに着席している相棒のペーター・シュトロゼックが、急げと目で合図を送ってよこした。主任のレオナルド・ビンターが、じろりとカールを睨《にら》んだ。座も主任も、大いに殺気だっていた。

「さて」

とレオナルド・ビンター捜査主任が、おもむろに口を開いた。

「君らがどれほど忍耐強い刑事揃いであるかは知らんが、ベルリン署の殺人課が揃いも揃って能なしだという声を聞くのはもう堪能しただろう。事件が起こってもう三日が経った。今日は九月二十八日の午前十時だ。あれほどに派手で陰惨でやりきれない事件は、私自身、三十何年かの警察官人生に照らして経験がない。この古い建物の主のような私がそうなのだから、君らは当然そうだろう。ベルリン市民も同様だ。ベルリン署の郵便受けは、警察への非難の投書でパンク寸前。われわれは、これまで見たこともない大事件を目前にしているのだ。

しかるに、われわれはまだ容疑者一人見いだしていない。大の男が二十三人がん首揃えて、知っていることはといえば、この事件を面白おかしく書き殴っているブン屋連中と、何ら変わるところがない。

私はプライドが大いに傷ついている。君らもそうであってくれることを望む。さあ、今日はもうそろそろ私を喜ばせてくれ。何か有意義な発見をした者、あるいはうまい推理を思いついた者、こういう人間からどんどん発言をしてくれたまえ」

ところが続いたものは沈黙だった。いきなりそんな期待のされ方をしても、なかなか口がきれるものではない。沈黙に堪えかね、主任がそろそろ癇癪《かんしゃく》を起こしそうになった時、ペーター・シュトロゼックが急いで口を開いた。

「こういう大きな事件、容疑者の目撃さえ出ないということは通常考えられないと思うんですが、この事件に限り、五件もの惨殺が続いているというのに、それがわずか二晩に集中して起こっていること、しかもわれわれが予想し、警戒していた二晩目は運悪くどしゃ降りの雨だったということ、こういう点が犯人に有利に働き、二晩を経た今も、目撃風紀課のクラウス・エンゲルモーア巡査とモニカ・フォンフェルトン巡査以外に、目撃者らしい目撃者は出ておりません。

最初の晩は深夜、人通りがすっかり絶えてからの殺人。しかも珍しく霧が出ていた、こういう晩で、しかも誰一人事件を予想していない。そして二晩目はわれわれは十二分に予想していたが、証拠も遺《のこ》りにくく、目撃者も出にくいどしゃ降りの夜でした。

さらに加えて、犯人は仕事をすべて街頭でやっている。通り魔です。しかもきわめて手ぎわがいい。鮮やかそのもの。いろいろと証拠が遺るのは、室内だからであって、外となるとなかなかむずかしい……」

「ペーター・シュトロゼック、それがどうしたんだ？ そんなことはもう解っておるよ。だからどうするかを訊いているんだ」

主任はいらいらして遮った。

「はあ、ですからこれは、あたりをつけるしかないんじゃないかと考えます。現場の遺留品等はきわめて限られます。そういうものから容疑者をたどり、限定するのは困難です。こういう事件を起こしそうな者、抑圧された低賃金労働者、長期にわたる失業者、あるいは娼婦に怨みを抱く者、精神病の不能者、こういう者を徹底してあたり、ひっぱり、こういう容疑者の内より限定していくという以外に、もうむずかしいというべきでしょう」

「それは俺も考えた。風紀課を中心に、現在あたってもらっている。クロイツベルクあたりから、今日にでも何ダースも与太者があげられてくることだろう。臨時拘置所は、今晩から頭のおかしい貧乏人ではちきれんばかりになる。頭の痛い仕事だ、頭のおかしいやつらの中から、さらにおかしいやつを見つけ出すっていうのはな。

だがさいわい、風紀課のクラウス・エンゲルモーアが、五百メートルばかりこの殺人鬼を追跡している。背中だけとはいえ、犯人を見た者が警察の中にいるわけだ。こいつは大いに幸運だった。この巡査が、何とか犯人を特定してくれるとありがたいんだがな……」

「顔は見ていないんですか？」

刑事の一人が訊く。

「五十メートル後ろから背中を見ただけだ。痩《や》せた、あまり背は高くない男で、髪のてっぺんを逆立てていた。黒い革ジャンパーを着て、ジーンズらしいズボンを穿いていた。それから足がやたらに速かった、解ったことはそれだけだ」

「クロイツベルクあたりをうろつくパンクボーイは、みんなそんなふうです」

主任は苦い顔で頷いた。

「ああそうだ。だがモニカ・フォンフェルトン巡査がしゃべれるようになるまで、のんびり待っているわけにもいかんだろう、だから俺たちが頑張ろうというんだ。風紀課の方はすでに動いてもらってる。さて殺人課は何をやる？　今それを訊いておるんだよ、諸君」

「腹を裂く手並があまりに鮮やかですから、医者くずれという線は否定しきれないと思います」

別の刑事が言う。

「解剖に手馴れた者か、そういう考え方は当然あり得るだろう。さらに、生きた人間の咽喉《のど》をナイフでひと掻きにするというような残忍な殺しは、常人にはちょっとできるものじゃない。だから動物等の大量の食肉処理を経験した労働者、こういう線も無視できまい。まるきり無感動な仕事ぶりだからな。だがそれ以外にもうないのか？　そのような推測は、別段殺人課のプロフェッショナルでなくとも思いつく。われわれには、われわれらしい専門的なやり方があるはずだ。諸君のプロとしての意見が、俺は聞きたいのだ」

「ちょっとだけ、奇妙な事実があります」

ハインツ・ディックマンという刑事が言いはじめた。

「何だね」

主任が彼の方を向く。

「青インクです」

「青インク？」

「はあ、九月二十五日のポツダム通りにおける三件、これは被害者の三人ともに、まずいったん顔に青インクをかけられた形跡があります。そして驚いてひるんでいるところを、ナイフで一撃のもとにやられた。

ところがクーダム裏通りでのケースはちょっと違います。こちらの二人は、婦人警官のモニカ・フォンフェルトンの場合も含めて、顔に青インクをかけられた形跡はありません」

「ふむなるほど。青インクか」

「激しい雨の夜のことですから、雨で洗い流されたのかとも考えましたが、どうもそういうことでもありません。かけられたのなら、いくら雨でも、着衣等にインクのしみが遺るはずです。こういう事実はまったく認められませんので。これは何なのか。案外こういうところにキーがあるかもしれません」

「青インクか、なるほど、忘れていたな、ほかには？」

「ほかにもいろいろと特徴的なことはあります」

カール・シュワンツが、手帳のメモを見ながら発言する。

「それは外傷です。婦人警官のモニカ・フォンフェルトンは除きますが、この五件の娼婦殺しは、五件ともに共通した事実があります。のちに詳細に述べる用意がありますが、大ざっぱに言いまして、まず手口と、外科的手術ともいうべき刃物による体の傷つけ方、また手順が、きわめてパターン化しているという点です。

まず最初に首筋、頸動脈部に一撃を加えている。この時背後から襲い、手で口を塞いだ可能性もあります。この一撃目が、五件ともに致命傷です。

発見が二件目となったアン・ラスカルの場合など、深々と気管まで切断されていますので、声をあげようにもあげられなかったと考えられる。これらの事実は、犯人が相当腕力を有する若い男であることを物語ると考えます。

　そうして殺しておき、第二撃目は、服の前をはだけておき、あるいは服の上から、鳩尾にナイフを深く突き立て、下腸部、恥骨部まで一気に切り降ろしています。これがまた、大変な力を要する仕事です。並大抵の腕力ではできない。

　そうしておいて、内臓を手で摑み、ひきずり出しています。そして特徴的なことは、例外なく大腸部を切断しておることです。ナイフによって、さらに内臓部を痛めつけている場合もあるが、五番目の被害者キャサリン・ベイカー一人を除いて、ここまでは完全に手口が共通しています。

　キャサリン・ベイカー一人が何故例外となったかというと、これは、彼女を襲っている時に、婦人警官モニカ・フォンフェルトンに発見されたためと思われます。邪魔が入り、モニカ・フォンフェルトンと格闘となったため、彼女を傷つけておいて逃走したと、そう推測できます。

　ですからキャサリン・ベイカー一人に関しては、仕事なかばで不本意ながら中断したが、もしも邪魔が入らなければ、この娼婦に対しても同じ外科手術を施したろうことが想像できます。

　そうして四人のうち、第一の被害者メアリー・ヴェクター、第三の被害者マーガレット・バクスター、そして第四の被害者ジュリア・カスティ、この三人まで、まるで何らかの儀式でもとり行なうように、切断した大腸の先端を、被害者の左の肩にかけております。これも共通する。いったい何故なのか。非常に奇妙です。何ごとか理由を有するものか……。

いずれにしても五件のうちの四件まで、手口がきわめてパターン化している。これは事件の理由を推測する上で重要かと、自分は考えます」

「そうだな、で、その理由については、何か考えがあるかね？」

主任が訊く。カールは少し考えてから口を開く。

「明快な説明はできませんが、犯人が娼婦を襲うにあたって、彼の頭に前もって確たる手順ができていたろうことは、疑えないと思うんです。こういうことは犯人が、まったくの素人《しろうと》ではないという事実を語らないでしょうか。

先の事実から、犯人がたとえば医師である、あるいは解剖学の心得がある、などと短絡に発想することは危険ですが、少なくとも何らかの切開技の心得がある、あるいは軍経験者、その程度のことは考えてもよいのではないでしょうか」

「いや、単に急いだから、という考え方もあるんじゃないか？」

別の刑事が反論した。

「すべて道端でやっているわけだから、通行人もある。二十六日未明にいたっては、大勢の警察官によるパトロールまであったわけですから、犯人としては、非常に手早くことをすませる必要があったわけで、短時間にことをすませようとするなら、必然的に手順がパターン化してくるのではないでしょうか」

「うん、まあその方が能率はよくなるな。逆に言えばこの犯人は、警官が大勢いても、また雨が降っていても、なんとしても娼婦を殺して体を切り裂く必要があったということになるのか？」

　主任が言う。

「うん？　待てよ、これは案外重要な点ではないか？」

「そうです、そうです、重要ですよ」

　カール・シュワンツは言い、先を続けた。

「そこに、この奇怪な殺人事件の、ある意味で最大級の謎がある。二十六日、雨が降ったのは犯人には悪くない条件だったにせよ、あれだけ警官が張り込んでいたんですから、もう何日か待ってもよかったはず。そうすれば、警戒は解かれたはずだ。なのにそれを待たず、犯人のやつは二晩続けて仕事を強行している。だからフォンフェルトン婦警に邪魔されたりしているわけです」

「そういうことだ。だがそういうことなら、彼女たちの塒《ねぐら》を襲ってもいいことにならんか？　何故街に立っているところを狙う必要があったのか、そんなことをするから、荒っぽい仕事になるわけだ」

「ただ彼女らは、自分の部屋へ客を引っ張り込むことはしていなかったようです。客とホテルへ行くか、客の車の中が仕事場だったようです」

刑事の一人が言う。

また別の刑事が手をあげた。

「先ほどの共通項の話ですが、この五人の被害者の娼婦に、一点、共通する要素があります。それは、五人ともがイギリス系であることです。正確にはブリティッシュが二人、アイルランド人が三人ですが、とにかくドイツ人ではない」

「なるほど。これは何ごとかあるだろうか」

「したがって被害者の五人とも顔見知りで親しく、塒も近所ですし、普段は英語で話し、五人一緒に行動することも多かった模様です」

「住まいはどこかね？」

「クロイツベルクの貧民街です」

「ふむ」

「五人の娼婦それぞれについては、もう経歴その他、解っているかね」

「一応解っております。

九月二十五日未明の第一の被害者、メアリー・ヴェクター、この女は四十三歳、一九四五年七月二十七日、アイルランド、コーク市の生まれです。父親は大酒飲みの船員で、酔ったあげくの喧嘩沙汰で、彼女が十一の時に水死したそうです。こういうことを、一時期結婚していた、現在はビーレフェルト市で図書館の職員をやっているブルーノという男が証言しております。彼氏と結婚する前にも、リヴァプールで結婚し、子供を儲けたこともあったようです。ブルーノ氏との間には子供はありません。

父親の遺伝かひどい大酒飲みで、それが原因で夫と別れたようです。そのほかにはこれといった悪癖はありません。娼婦仲間の評判は悪くなく、仲間うちではメリーウィドゥ、陽気なメアリーで通っていたそうです。仲間の面倒見もよく、誰からも割合好かれていました。

この女の受けた傷の数が、五番目のキャサリン・ベイカーに次いで多いです。咽喉と腹部の二箇所の傷、これはむろん他の四件と共通している大きなものですが、腹部の表面には、いくつか浅い傷跡が走っております。すべての傷は上方から下方に向かって走っておりますので、犯人はナイフをこう右手で逆手に持って、切り降ろしたのだろうと考えられます。ナイフはアロイゲル社製の軍用ナイフで、五人ともこのナイフが共通する凶器と考えられます。

死体発見は午前三時二十分、発見者は風紀課のクラウス・エンゲルモーア、およびモニカ・フォンフェルトン両巡査です。死体のかたわらにはジンの小瓶と、彼女所有のバッグが落ちておりました。バッグの中身は若干の金銭と化粧品の類いくらいで、特にめぼしいものはなく、金銭には手がつけられておりません。第一の殺人、メアリー・ヴェクターについてはこんなところで。

続いては第二の被害者アン・ラスカルですが、彼女もアイルランド、マン島の出身で、四十二歳。漁師の家庭で生まれ育っているらしい。兄弟もいたようですが、両親の離婚、そして病死により離散、今はもう一家の行方は知れないようです。この時代の一時期ロンドンへ出て、二十代の頃は家政婦などして働いたようですが、このことははっきりしません。というのも、彼女は結婚の経験がないからです。クロイツベルクの隣り組連中の話は要領を得ません。

メアリー・ヴェクターの発見より約二時間遅れて、午前四時過ぎに、ポツダム通り裏のクーゲル通り手前の路地で、発見されています。発見者は近所に住む雑誌記者のマインツ・ベルガーという男です。死亡推定時刻は、発見より三十分程度前とみられています。

死体の状況は、他のものと同様です。左耳下の頸動脈部を一気に掻き切られ、絶命しております。

それから犯人は腹部を裂き、内臓を手で引き出し、臓器にさらにナイフで損傷を加えたりしておりますが、ここでは腸を肩にかけてはおりません。

またこの死体には、咽喉と腹部以外、体の表面、皮膚部にはいささかの外傷もありません。これが特徴的な要素でしょうか。

付近に彼女の所持品である小型バッグが落ちていましたが、この中身についても、盗難に遭った形跡はありません。以上です。

第三の殺人であるマーガレット・バクスターに移ります。彼女は四十一歳、イギリス、ボーンマスの出身です。イギリス時代の両親の職業、あるいは家族の有無などははっきりしません。彼女自身の結婚の経歴についても不明です。ドイツにおいても、正式な婚姻届を出したことは記録されておりません。

発見は第二の被害者アン・ラスカルのケースとほぼ同時刻、午前四時半です。ポツダム通り裏、シュバルルツ小路で発見されました。発見者は同業者、すなわち娼婦で、ハネローネ・ブッシュという女です。

この殺人に関しても、先のアン・ラスカルの場合と似ております。外傷は咽喉と腹部、この二箇所のみで体表面部にはほかのいささかの外傷もありませんが、引き出された内臓部に関しては、非常に大きな特徴があります。それは大腸部が、約二十センチメートルにわたって、持ち去られているということです」

会議室がわずかにどよめく。

「これは、この第三の殺人マーガレット・バクスターの身にだけ起こっている、きわめて特徴的な出来事であります。そしてこの持ち去られた大腸部は、未だに発見されておりません。そして切断した腸の先端は、メアリー・ヴェクターの時と同様に、肩にかけたような格好になっております。

以上が、九月二十五日未明に起こった娼婦殺し三件の詳細です。次に二十六日未明に発生した二件の説明に移ります。

四番目の犠牲者ジュリア・カスティ、四十四歳。これはアイルランド、ダブリンの出身です。発見は午前二時十五分、クーダム通りから一本ツォー駅側に寄ったクロデール小路十四番で、風紀課のモーガン巡査が発見しました。

死体の損傷状況等は、前出三件とほとんど同じです。致命傷は咽喉部《いんこう》のナイフによる掻き傷、そして腹部の例によって大きな傷です。ジュリア・カスティの場合も、これ以外のいささかの傷も、体表面部にはありません。

切り開かれた腹部から、内臓が引き出されています。腸部が切断され、左肩にかけられたような格好になっております。

ジュリアの死体が、内臓部の損傷は最もひどいといえるかもしれません。消化系の器官のほかにも、肝臓がナイフの先端で突き通され、腎臓も、ほぼ真っぷたつになっております。さらに何度か、開腹したあたりに滅多矢鱈《めったやたら》にナイフを突き立てたものとみえて、背中までできっ先は通じております。狂気の所業ですな。

ジュリア・カスティの前歴に関しても、あまりはっきりしたところは解りません。ダブリンからロンドンに出て、十代後半と二十代を、家政婦およびスーパーマーケットの店員として働いたという話を聞いた者はおりますが、確証はありません。

三十歳頃ベルリンに流れてきて、各種の職業を転々としたのち、娼婦となったようです。道に立ちはじめてもう四年になるということで、立ちんぼう娼婦の経験は、他の四人より長いと考えられます。

五番目のキャサリン・ベイカー、彼女はこの五人の内では最も若い三十七歳です。背が高く、仲間うちではのっぽで色黒のキャサリンで通っていました。

発見はジュリア・カスティの場合とほぼ同時刻、午前二時十五分です。クーダム通りよりツォー駅付近に寄った路地、トンプソン小路五十七で発見されています。発見者はやはり風紀課のオルゲン巡査です。

彼女は五人のうちではただ一人、腹部切開を受けておりません。しかし、咽喉部の致命傷のほかに、腹部、脚部に、十数箇所にわたる切り傷を受けてはおりますが。これはおそらく、犯人が腹部切開手術を行なおうとする直前、モニカ・フォンフェルトン巡査に見咎《みとが》められたためと推測できます。

彼女はロンドン出身ですが、純粋なブリティッシュではありません。ブラジル系の移民と、インド系の移民との間にできた混血で、皮膚も少し浅黒い様子です。

結婚歴はないようです。早くからドイツに流れてきていて、ハンブルクのエロスセンターに長くいたようです。若い頃は、ここでなかなかの人気者だったようですが、仲間とのいざこざがもとでセンターをとび出し、ベルリンへ流れてきたようです。ベルリンへ出てきたのは、二年前という話でした。

以来クロイツベルクに住みついているわけですが、殺された日の昼頃、部屋から起きだしてきて、

『次は私の番かもね』

という冗談を、近所の住人に言ったそうです。

さて、五件の殺人事件についてはこんなものですが、ここに一点少々奇妙な事実があ

ります。というのは、キャサリン・ベイカーの倒れていたトンプソン小路の一角から、だいたい五十メートルばかり離れた地点の壁に、次のような落書きがあったというんです。

『ユダヤ人は、みだりに非難を受ける筋合いはない』

こういう落書きです。ドイツ語で、英語ではありません。

この落書きは、銀行の壁に書かれていたものですが、午前一時、および一時半頃にここを巡回した者が、その時点ではそんな落書きはなかったと明言しているんです。したがって、犯人が遺したものであるという可能性も考えられます」

「ユダヤ人は、みだりに非難を受ける筋合いはない？　ふん、信じがたい時代錯誤だ」

主任がそう言った。ヒトラー統治時代ならいざ知らず、今は一九八八年である。ユダヤ人が、ベルリンの街にそのような落書きをする理由がどこにあるというのか。

「ということは、この一連の猟奇殺人の犯人が、ユダヤ人であるとでもいうのか？　馬鹿馬鹿しい！」

「誰か別人のいたずらだ、決まってるよ」

刑事の一人が言う。

「そんな落書きなど問題にしなくてもよかろう。大した問題じゃない」

主任が言った。

「ほかの論題にして欲しいね」

「いや主任、ちょっと待って下さい」

ペーター・シュトロゼックが右手をあげ、主任を制した。

「その落書きは重要であるという投書がここにあるんですよ。これです。読んでみますか？　英語なんですが」

シュトロゼックがブルーの封筒を差し出した。主任はうるさそうに手を振った。

「いいや、今読んでる時間はない。君の方で内容を要約して話してくれ。もし君が本当に必要と思うならだがな」

「その判断は主任がして下さい。この投書というのは、どうやらある種のエキスパートからのもののようです」

「何のエキスパートだ？」

「主任は先ほど、この五件の娼婦殺しの事件を、これまで見たことも聞いたこともないものだと言われましたが、この投書の主は、そうじゃないと言っております。不思議な因縁というべきかもしれませんが、今からちょうど百年前の一八八八年、今回のわれわれのものとまったくうりふたつの事件が、外国で起こっているというんです」

「外国？　どこだね？」

「ロンドンです」

「ロンドン？　……ああ！」

「そうです、『切り裂きジャック』です。あのあまりに有名な事件は、今回のわれわれの難問と、隅から隅まであまりにもよく似ている」

「そういえばあれも娼婦殺しか……。あの事件は、全部で何件起こってるんだ？」

「五件です」

「五件?!」

「そう、われわれのものとまったく同じです。しかもあの事件も、立ちんぼうの娼婦殺しで、やはり咽喉を鋭利な刃物でひと掻きにして、それから腹を裂き、内臓を引きずり出しています。そっくりです」

「なるほど、その投書は、そういうことを指摘してきているのか？」

「それもあります。投書の主は、英国の『切り裂きジャック』研究家だそうで、英国の『切り裂きジャック』の事件を研究すれば、必ず今回のベルリン切り裂き魔事件の謎を解くヒントがあると主張しております」

「なるほど、だがな……」

「自分が膨大な投書の山からこの手紙に興味を持ったのは、そのせいだけではありません。百年前の切り裂きジャック事件においても、今回のものとまったく同じ、『ユダヤ人は、みだりに非難を受ける筋合いはない』という落書きが発見されているからです」

「何?!」

主任の顔色がようやく変わった。

一八八八年、ロンドン

1

世界の犯罪史上、一八八八年の切り裂きジャックの事件ほど、陰惨で血《ち》腥《なまぐさ》いものはほかにない。しかしこの事件は、ミステリーを愛する者にとっては、格別味わい深いものである。いかに血と、悲劇を扱った物語であろうとも、今のわれわれが手にとり、読めば、郷愁にも似た得がたい味わいが、行間からたちのぼるのを誰もが感じる。それはちょうど世界一苦い酒が、百年の時を経て、最も豊潤な甘味《あまみ》を得た様子に似ている。

自動車も科学捜査もない時代の血の犯罪は、一九八八年という歴史上の一点に立つわれわれを、ほろ苦い気分にさせる。

たとえばそれは、次のような一文だ。

「灰色の九月の朝、防水布をかけられたアニーのグロテスクな死体が、ハンバリー・ストリートを担架車でがらがらと通っていくのを、私は見物人に混じって見送っていました。

私の伯父は、ハンバリー・ストリートの路上でコーヒー屋をやっていました。母は早朝に、よくこの屋台を手伝いに行きました。ジャックの殺人が起きると、私を用心棒に連れていくようになりました。寒さよけのための毛布にくるまれてです。私が役にたつとは思えませんでした。当時、私はまだ十一歳の子供でしたから。

ともかくこの朝、私はハンバリー・ストリートにいて、二人の警官に付き添われた担架車が、二十九番地から出ていくのを見ていました。その車が通ったあとには、薄い血が道路に垂れていました。母は家に帰るよう私を追いたてましたが、ちょうど土曜日のことで学校もなかったから、私は帰るふりをしながら担架車の後をついていきました。オールド・モンタギュー・ストリートの死体仮置き場までです。それをまるで昨日のことのように憶えています」

これはトム・カレン著、「恐怖の秋」にみられるアルフレッド・ヘンリー・レインという人物の証言である。彼は事件当時十一歳、「恐怖の秋」のためのインタビュー時、八十歳だった。

十九世紀末、ロンドンは世界の中心地だった。そして世界一富める場所がたいてい深刻な矛盾を抱え込むように、ロンドンもまた世界一貧しい地区を、足もとの影のようにあわせ持っていた。

世界一早く地下鉄を完成した都市だったが、その最新の交通機関に乗り、切り裂きジャックは現場に姿を現わしたと多くの人は考えている。死体を野次馬から素早く隠し去る自動車はまだ存在せず、スコットランドヤード（首都警察）でさえ、のんびりと馬車で捜査に駈けつけた。夜になっても街を照らすのはぼんやりとしたガス灯だけ、室内にも電気灯がついているような家はまれだった。

だからこそあのシャーロック・ホームズは、夜になれば老婆に変装することもできたわけだが、イーストエンドの貧民街ともなれば、街にガス灯さえろくになく、その上に霧でも出た夜は、街をどんな怪物がうろつこうとも、誰にも、どうすることもできなかった。これはそんな時代の犯罪である。

一八八八年八月三十一日未明、ホワイトチャペルロードに面した地下鉄、ホワイトチャペル駅のすぐ裏手にあたる小路バックスロウ。ここは現在ももの淋しい裏通りだが、十九世紀末当時はもっとそうだった。夜になればホワイトチャペルロードの蒼白いガス灯がぼんやりと照らすのは小路の入口までで、裏小路に入り込めば、そこはもう闇だった。

小路の片側にはエセックス倉庫が連なり、反対側は商人のテラス・ハウスが並んでいる。その先には学校の寄宿舎があり、通りをひとつ隔てたウィンスロップ・ストリートには、廃馬処理場があった。

午前三時四十分、バックスロウを野菜市場の運搬夫、チャールズ・クロスが通りかかった。すると厩舎《きゅうしゃ》の門の前の溝に、防水布のようなものが落ちているのを見つけた。

防水布は、当時この地区では、食肉用に解体した馬の胴体を包むのに使われていた。おそらく荷馬車からでも落ちたのだろうとチャールズ・クロスは考え、拾っておいて損はないと判断して、溝に近づいた。ところが近づいてみるとそれは防水布ではなく、溝にすっぽりと塡《は》まり込んで倒れている人間で、暗いから、着ている服が防水布に見えたのだった。

そこへ、運搬夫仲間のジョン・ポールが通りかかった。二人並んで、倒れている人間を眺めることになった。

近寄ってみると溝に塡まっている人間は女だった。左手を、近くの厩舎の方向に伸ばし、かたわらには黒い麦藁《むぎわら》帽が落ちていた。スカートが膝の上でしわくちゃになっているので、酔っ払いか、暴行でもされたかと二人は考えた。

「ともかく起こしてやろう」

そう言いながらクロスが屈《かが》み込み、女の顔に手をあてた。まだ少し温かかったが、手をとって持ちあげると、ぐにゃりとしている。

「こいつ死んでるぜ」

ぞっとしたように言って、クロスは手をひっこめた。

二人は背筋に寒いものを感じて、その場を逃げだしたくなった。するとその時、暗闇の向こうに人の足音がしたので、二人は急いで駈けだし、ブレイディ・ストリートを走っていった。

やってきた人物は、巡査のジョン・ニールだった。彼はこの地域を、三十分に一回の割で巡回していた。

午前三時四十五分、厩舎の門前に倒れている女性が、巡査の持つ角灯《ランターン》の光線の中に浮かんだ。角灯を高くかかげて巡査が近づくと、彼女は溝の中で大きく目を見開いていた。

屈み込み、角灯で女の体を子細に照らした。すると女の咽喉《のど》が大きく切り裂かれ、血潮が噴き出した後であることが解った。血の臭いに混じり、ぷんとジンの臭いがした。ジンの臭いは、切り裂かれた彼女の咽喉の傷から漂い出ていた。

ニール巡査は、女が自殺したものかと考え、周囲に刃物を捜したが、どこにも見あたらなかった。

そこへ、さっきの二人が巡回中のアーサー・ヘイン巡査をつかまえ、一緒にひき返してきた。ニール巡査はこれを殺人と悟り、付近に開業しているラルフ・ルウェリン医師を呼んでくるように依頼した。

医師が到着した時、時刻はすでに午前四時を廻っていた。遺体には左耳の下から咽喉の中心部にかけて四インチの切り傷と、その下に右耳までの八インチの長い切り傷があって、頸動脈を切断していた。血潮はほとんど厚い衣服に吸い取られていた。

医師はざっと死体を検死し、すぐにオールド・モンタギュー・ストリートにある救貧院の死体仮置き場に運ぶよう命じた。

この時、医師も巡査も、咽喉の切り傷だけしか気づかなかった。そして、死後三十分と経っていないと推定した。

ニール巡査は、午前三時十五分に現場を巡回していたが、その時には死体はなく、三時四十分にはあった。したがって犯行は、三時十五分から四十分までの間に為《な》されたものである。

夜明けとともに、死体仮置き場で解剖が行なわれた。被害者の衣服が脱がされていき、そこではじめて、隠されていた驚くべき数々の傷が、複数の人目に晒《さら》された。

咽喉の傷のほかに、ナイフの刃が、大きく二度にわたって下腹部をえぐっていた。最初の一撃は、右鼠蹊《そけいぶ》部から左臀部へと突き抜けている。

第二撃は、下腹部から体の中央部へと切りあげられ、胸骨に達していた。腹部の表面には、ほかにもいくつか浅い切り傷が走っている。

すべての傷が犯人から見て右から左へと走っているため、犯人は左利きではないか、とルウェリン医師は所見を述べた。のちにあまりにも有名となった、「切り裂きジャック」事件の始まりである。

新聞報道を見て死体仮置き場に集まってきた女たちの証言で、被害者はスピッタルフィールズ、スロール・ストリート十八番地の簡易宿泊所《ロッジング・ハウス》に住む、通称「ポリー」という娼婦だと解った。

やがて彼女の前夫が警察署に出頭し、本名と素性が判明した。

本名メアリー・アン・ニコルズ、四十二歳。ロンドン南部のカンバーウェル生まれ。父親の職業は鍛冶屋《かじ》だった。二十歳の時、ウィリアム・ニコルズという印刷工と結婚、しかし生来の怠け癖と飲酒癖がわざわいし、一八八一年に離婚されていた。殺された時は、二十一歳を頭《かしら》の、五人の子持ちだった。

前夫のアリバイは問題なかった。そして警察は、この付近の聞き込みをやっきになって行なったが、目撃者は一人も出なかった。

現場から数ヤードしか離れていないニューコテッジというフラットの住人が、あの夜、ひと晩中起きて読書をしていたのにもかかわらず、悲鳴も物音も聞かなかったと証言した。静かな夜更けだったことから、よそで殺され、馬車で運ばれてきたのでは、という意見が警察内部で生まれた。

ほかにも、近くの鉄道の操車場や、廃馬処理場にも徹夜作業中の男たちがいた。彼らもまた、何の物音も耳にしていない。

だがあれほどの出血にもかかわらず、現場以外には、付近に血だまりも血の垂れた跡もなかった。やはり現場での凶行であろうと考えるほかない。

この事件で、バックスロウの名はイギリス中に轟《とどろ》いた。郵便配達人はキラーズロウと呼び、住民はしばらく不快を味わったが、百年後の今日でもほとぼりが充分冷めないので、今はダーウォード・ストリートと改名されている。

2

第二の事件の発端は、メアリー・アン・ニコルズの葬儀のあった一八八八年九月七日の、翌早朝だった。

第一の殺人現場、バックスロウから西に半マイルほど行ったあたりに、ハンバリー・ストリートという、比較的広く、長い通りがある。どんな通りかといえば、昭和初期にここを実地検分した牧逸馬《まきいつま》の文章を引用すればよい。

「襤褸《ぼろ》を着た裸足の子供たちが朝から晩まで往来で騒いでいる。代表的な貧民窟街景の一部で、労働者や各国の下級船員を相手にする、最下層の売春婦の巣窟」というような一角である。

この道に沿った安い貸間長屋《テネメント・ハウス》のひとつ、ハンバリー・ストリート二十九番地の家の裏庭で、事件は始まった。

煉瓦造りのこの長屋は三階建てで、この家の表通りに面したドアは常時閉鎖され、住民は裏庭についた裏木戸から出入りしていた。そうしないと、昼間から売春婦や酔漢、浮浪者などが入り込んでくるからだ。

九月八日午前六時過ぎ、裏庭にやっと淡い朝陽が射しはじめた頃、長屋の最上階に住む、スピッタルフィールズの野菜市場の運搬夫、ジョン・デイヴィスが出勤のために裏庭へ降りてきた。石段を下って裏庭に出ようとしたところで、隣家との仕切り塀の足もとに女が倒れているのを発見した。酔っ払いかと思って近寄ってみると、女は無惨な傷を負わされ、血まみれでこと切れていた。

彼は仰天し、近くのホワイトチャペルロード警察署に駈け込んだ。

死体は手のひらを裏に、万歳をするような格好に伸ばされ、足は開いて膝を立て、外側に広げられていた。手も顔も血まみれで、黒く長いコートとスカートは上方にたくしあげられ、露出した腹部がめちゃめちゃに切り裂かれていた。だが直接の死因は、咽喉の切り傷である。

その頃には、裏木戸の外に野次馬の人垣ができ、近所の窓という窓には、こわごわ見降ろす住民の顔があった。

仮検死を終え、死体が担架車に載せられると、防水布の覆いをかけられ、がらがらと近所のオールド・モンタギュー・ストリートの死体仮置き場まで運ばれていった。先週、メアリー・アン・ニコルズの死体も収容された場所である。

死体の足もとには真鍮《しんちゅう》の指輪が二個、コインが数枚、血に染まった封筒の切れ端と、それから付近の水道栓の下に、水びたしの革製《レザー》エプロンが落ちていた。このエプロンがのちに事件をひき起こす。

八日午後二時過ぎから、バクスター・フィリップス医師による検死解剖が行なわれた。被害者は悲鳴をあげないよう背後から口を塞《ふさ》がれ、右耳下から左耳下にかけて一気に掻き切られ、絶命していた。その後犯人は被害者の首を切り離そうとした形跡もあるが、気が変わったか、ハンカチを首に結びつけた。

それから腹部を裂き、腸を引きずり出し、切断して、先端を死体の右肩に、載せた。子宮、膣の上部、膀胱《ぼうこう》の三分の二が、完全に切り取られていた。これを見てフィリップス医師は、解剖学的な知識を有する、この種の作業に熟達した者による仕業《しわざ》、と自信を持って言った。

被害者の身元はすぐ割れた。野次馬の中に彼女を見知っている者がいたからだ。彼女は通称ダーク・アニー、ホワイトチャペル界隈《かいわい》では名を知られた娼婦だった。

本名はアニー・チャップマン、年齢は四十五歳とも四十七歳ともいわれる。れっきとした中産階級の出で、ジャックの犠牲者たちの内では、唯一人教養のある女性だった。このため、お高くとまっていると、娼婦仲間からの評判はよくなかった。

以前、獣医の資格を持つフレッド・チャップマンという男と結婚し、二人の子供まで設けたのだが、深酒の癖がわざわいして離縁された。イーストエンドに流れてきたのちは、ハンバリー・ストリートから南に三百三十ヤードばかり下ったところにある、ドーセット・ストリート三十五番地に住んでいた。

彼女は身長五フィート足らず、ふくよかで、プロポーションもよい方だった。青い目、高い鼻、縮れた褐色の髪をして、しかしアルコール中毒と肺結核のため、八歳以上も老けてみえた。殺される四ヵ月ほど前から、ドーセット・ストリートの簡易宿泊所を塒《ねぐら》に、街頭で男を引っかけてはせっせと部屋につれ込み、生活費とアルコール代を稼いでいた。

二つの事件以後、ホワイトチャペル界隈は、夜になると人通りがぱったりと途絶え、霧の中に薄暗いガス灯ばかりがぼんやりとともる、ゴーストタウンになった。ところが土曜や日曜の昼間は、連日新聞紙上で騒がれる猟奇事件の現場を、ひと目見ようとする野次馬でごった返した。昼間のホワイトチャペルは、ロンドンの新名所と化した感じがあったが、一方スコットランドヤードはというと、相当深刻な状況にあった。当然ながらやっきになってはいたのだが、直接あるいは間接的に寄せられる膨大な量の情報に、かえってあえいでいた。

基本的人権などない時代の貧民たちは、密告や噂《うわさ》だけでずいぶん不当な扱いを受けた。しかし警察としても、いつ三人目の被害者が出るかもしれないという思いで、ひどく焦ってもいたわけである。

ところが犯人の行方は、日が経っても杳《よう》として知れなかった。苛立《いらだ》ちはスコットランドヤードから一般大衆に飛び火し、警察は次第に無能呼ばわりされるようになった。見かねた国会の地方選出議員サミュエル・モンタギューは、犯人逮捕に百ポンドの賞金を出すと発表した。

すると金めあてのガセネタや、他人を密告する投書の類《たぐ》いが、たちまち津波のように警察に押し寄せた。しかし捜査に役立つものは大してなく、英国社会の全体が次第にヒステリー症状を呈していく。

こうなると、決まって現われる現象が「魔女狩り」である。スコットランドヤードから、マスコミを通じて情報が洩れるたび、ヒステリーを起こした大衆は、不確かな情報を頼りにスケープゴートを求めて右往左往した。

最初に洩れた情報は、メアリー・アン・ニコルズの殺されていた現場が廃馬処理場に近いということから、食肉解体業者に疑いの目が向けられたということだ。

続いて洩れたのは、殺人に使われた凶器が広刃のナイフということから、靴や家具造りの職人の使うナイフだとして、靴職人、家具職人が嫌疑の枠内に入ったということだった。

だがこれらは、次のものに較べればまだ罪は軽い。第二の殺人、チャップマン殺しの現場付近に落ちていた、水びたしのレザーエプロンである。

これを押収したヤードは、これこそ犯人逮捕の最大の証拠品と見たか、当初マスコミには内密にしていた。それを新聞記者が嗅ぎつけ、特ダネとして書きたてたので、レザーエプロンをつけた人間こそが憎むべき切り裂きジャックというイメージが、大衆に強く植えつけられてしまった。

「レザーエプロン」の名は、人々の口から口に、怖ろしげな尾ひれとともに広がり、レザーエプロン・ヒステリーが、イーストエンド一帯を嵐のように席巻した。この時点で、「切り裂きジャック」という高名な名称はまだ登場していなかった。したがって一般大衆は、噂話のために殺人鬼の通り名を必要としたわけだが、「レザーエプロン」という名称が、ここにうまく塡まった。実体のない仇名《あだな》ばかりが怪物的殺人鬼となって夜と霧の街を徘徊《はいかい》し、みながが見えない影に怯《おび》えた。この名は、後に「切り裂きジャック」というおそろしく語呂のよい仇名が現われるまで、イーストエンドの連続殺人鬼の仮の名称をつとめた。

「警察は何をぐずぐずしているのか、ただちに恐怖の元凶、『レザーエプロン』を捕らえろ！」

こうした投書がヤードの郵便受けからあふれた。犯人と決まったわけでもないこのレザーエプロンの幻影を捕らえることで、自らの恐怖は一掃されるものと大衆は信じはじめていた。

ところが、第二の殺人から大して日も経ってもいない頃、検死審問でこのレザーエプロンの出所は、あっさり判明していたのである。

これは貸間長屋に住むジョン・リチャードスンという男が、母親の内職の箱作りの手伝いで着用していたが、古くなったので母親が捨てたというものだった。ところがこの事実が判明する前に、「レザーエプロン」の名称は世間に広まってしまっており、もはや取り返しがつかなかった。

不可解なことにヤードは、レザーエプロン犯人説の噂を黙殺するばかりで、はっきりとした否定のコメントを発しなかった。レザーエプロンを否定し、では誰なのかと続けて問われた際に解答がないことを怖れたものか、噂一掃のアクションを起こさずにいた。そのかわりに、これまでの捜査で得た犯人像を公表した。

年齢三十七歳、身長五フィート七インチ、ひげを生やし、黒みがかった服装で、外国訛《なま》りのある男、というものである。

この発表により、ホワイトチャペル界隈に住む外国からの亡命者、移民、また当時のイギリス人の反ユダヤ感情を反映して、ユダヤ系人種がさっそく大衆の反感をかうようになった。ホワイトチャペルには、当時ユダヤ人が多く住んでいたので、人相書きに「外国訛り」の一語があるだけで、たちまち付近の住民が警察署の前に集まり、

「あれはユダヤ人の仕業だ、イギリス人にはあんな残虐なことができるはずはない。ユダヤ人を逮捕しろ！」

と気勢をあげるようになった。

そして大衆は、ついに格好の犠牲者を見つけた。スコットランドヤードは、人相書きにレザーエプロンの名はひと言も書かなかったのに、大衆はこの外見的特徴と「外国訛りのユダヤ人」、そして「レザーエプロン」など、自分たちの持つイメージを統合して、一人の人物を指摘した。いつの世も不運な人物はいるもので、これらの条件をすべて合わせ持つ男が、マルベリー・ストリート二十二番地に実在した。ジョン・パイザーという靴職人である。

年齢は三十三歳、身長五フィート四インチ、浅黒い顔の小柄な男で、長い

黒髪が顔の大半を覆っている。薄い唇は残忍そうに見え、黒い口ひげと頬ひげを生やし、極端なガニ股で、外国訛りの英語を話す。

靴職人だから当然レザーエプロンをつけ、先の尖《とが》った広刃ナイフをいくつも自室に持っていた。独身で、夜の街にもよく出入りし、夜の女たちとも顔見知りだった。彼は前々から近所の人々に「レザーエプロン」と呼ばれており、マルベリー・ストリート界隈で「レザーエプロン」といえば、それは彼のことだった。

レザーエプロン狩りが始まると、彼は身の危険を感じて部屋に閉じこもっていたが、スコットランドヤードはやがて彼を逮捕し、連行した。「レザーエプロン逮捕」のニュースは新聞のトップ記事になり、戯《ざ》れ唄まで作られ、ホワイトチャペルの住人も、娼婦たちも、これで生命の危険から解放されたと信じた。

ところが、ヒステリーを起こした街の人々の私刑《リンチ》から守るため、厳重な警備をつけて法廷入りさせたパイザーだったが、あっさりとアリバイが成立した。彼は無罪だったのである。即日釈放された彼は、その足で民事裁判所に出向き、各新聞社に対し、名誉毀損の訴えを起こした。

新聞はミソをつけたかたちだが、むろん反省などはせず、いち早く責任をヤードに転嫁し、ヤードの無能ぶりをせいぜい攻撃した。

レザーエプロン・ヒステリーは一気に冷めたが、当時のスコットランドヤードは、まさに不人気のどん底にあった。焦りの極致にある警察をからかうように、さまざまな犯人逮捕策があちらこちらで話題になった。

売春婦を根こそぎ捕らえて牢にぶち込むという案。殺されるよりもいっそ牢に入っていた方が安全だろうというものだが、却下された。人権問題以前に、ロンドンの売春婦は当時数万人にのぼっており、とても留置場に収容しきれるものではなかった。

さらには、売春婦全員に呼び子笛を携帯させる案、あるいはデイリーニュース紙が提案した、警官女装作戦という珍無類なアイデアもある。いずれも費用その他の点から、実現にはいたらなかった。こうして第二の事件以来二十日以上が過ぎ、九月も終わろうとしていた。

3

ロンドンにも日増しに秋の気配が濃くなった九月三十日日曜日の未明、午前一時頃のことだった。

小馬《ポニー》に曳かせた荷車に乗って、ホワイトチャペルのバーナー・ストリートに入ってきた、ルイス・ディームシュッツという男がいた。昼間は安物の装飾品の行商をやり、夜はバーナー・ストリートにある国際労働者教育クラブの住み込み給仕をしていた。当時テームズ川の南、サイドンハムに建っていた水晶宮《クリスタル・パレス》に、夜店を出しての帰りだった。

先夜二十九日が土曜で、土曜の夜ともなると、水晶宮の美しい夜景を見物にくるロンドン市民は多かった。こういう人出をあてこんで、土曜の夜には水晶宮前の道にずらりと夜店が並んだ。各種宝石のイミテーション、ブローチ、オルゴール、シャツ、ボタン、ナイフなどを売る類いの夜店である。

国際労働者教育クラブとは、ロシア、ポーランド、ドイツ系のユダヤ人たちが、異郷の地にあって連帯のために結成した組織だった。こちらも毎土曜の夜クラブハウスで会合が開かれ、会員が家族連れで参集し、議論を闘わせていた。

この夜の会合は午前零時半で終了しており、ディームシュッツは、ホワイトチャペルの聖メアリー教会が午前一時の時鐘を打つのを耳にしながら、バーナー・ストリートに入ってきた。そしてクラブハウスの窓から洩れるかすかな明りだけをたよりに、クラブハウスの中庭に馬車を乗り入れようとした。

バーナー・ストリートに面した大木戸は開いており、闇の敷地内から、ルイス・ディームシュッツは人声らしい物音を聞いた。浮浪者でもいるのだろうと彼は気にもとめなかったが、その時小馬が激しく暴れ、彼は振り落とされそうになった。暗くて見えない足もとに、何か障害物でもあるのかと思って手にした鞭《むち》で下の闇を探ると、何ものかの柔らかい手ごたえがあった。とび降り、マッチを擦《す》ってみた。風の強い夜で、火はすぐに消えたが、目にしたものははっきりと網膜に焼きついた。女が壁ぎわにうずくまっていた。酔いつぶれているのか、それとも死んでいるのか、少しも解らない。急いでクラブハウスに駈け込み、居合わせた会員と二人で蠟燭《ろうそく》を持ってひき返した。

蠟燭の明りで発見したのは、古びた黒い服を着た中年の女で、足を曲げ、左半身を中庭に向けて倒れている。すでにこと切れていた。

女の首には深い傷があり、大量の血が敷石を濡らして、血だまりの先端はクラブハウスの入口にまで達していた。痩せた女で、着衣の乱れはなかった。すぐに警察に通報されたので、狭い中庭とクラブハウスはたちまち警官でごった返した。バーナー・ストリートは通行停め、中庭は立入禁止となった。

死体の状況や体温から、犯行はディームシュッツが中庭に荷馬車を乗り入れるほんの数分前と推定された。クラブハウスに残っていたユダヤ人は徹底的に調べられ、近所の住民は叩き起こされたのち、家宅捜索までされた。しかし、容疑者も目撃者も見つかりはしなかった。

不思議なことには今回も、悲鳴も、人の言い争う声も、聞いた者がいなかった。クラブの会合後、会員のうちには零時半に現場を通りかかった者、零時四十分に通りかかった者までいた。しかしこの時点で、誰も死体を見た者はない。そして午前一時にはディームシュッツが荷馬車で入ってきて死体を見つける。となると、午前零時四十分から一時までの二十分間に、犯行は為されたことになる。

もっとも、この零時四十分に通りかかった者が何も見ていないという事実は、現在の感覚とはだいぶ様子が違う。

「非常に暗かったから、転ばないよう壁を手探りしながら中庭を出た。死体があれば、当然つまずいていただろう」

という証言なのである。これが十九世紀末ロンドンの貧しい地区の、ごく一般的な状況だった。

現場での医師の検死によると、切り傷は左顎《あご》二・四インチ下から左頸動脈と喉笛を切断し、右顎一・六インチ下まで延べ四インチに及ぶ。被害者は気管を切断され、悲鳴をあげることもままならず、約一、二分の後に絶命したと推定された。これ以上の傷は以後も発見されず、ディームシュッツの馬車が近づいたため、犯人は先の二人の時のような外科的手術を施す余裕もなく、あわてて逃亡したのであろうと考えられた。

付近の捜索は九月三十日午前五時まで続けられたが、この日の時点では犯人の手がかりも、被害者の身元も不明のままだった。

その頃、バーナー・ストリートの現場から西へ〇・六マイル、徒歩で十五分ほどの距離にあるマイター・スクエアで、邪魔が入って欲求不満に陥った犯人は、別の凶行を犯していたのである。

同九月三十日、午前一時四十五分のことである。したがって、ディームシュッツがジャックによる第三の犠牲者を発見してわずかに四十五分後のことになる。エドワード・ワトキンズという巡査が、マイター・スクエアを巡回していた。

マイター・スクエアというのは、マイター・ストリートと呼ばれる道の中途を、少し折れたところにある小さな空き地の名称である。広場と呼べるほどの大きさはない。

巡査の手にした角灯《ランターン》の光に、黒いものがうずくまっているのが浮かんだ。スクエアの南西端で、その周囲は血の海であった。

彼は付近にいた退職警官の夜警に協力を求め、呼び子笛で仲間を集めた。

被害者は年輩の女性で、イミテーションの毛皮襟のついた黒いジャケットを着ていた。彼女は頭を左向きにし、うつぶせに倒れていた。男物の紐付きブーツを履いた左足をやや広げ、右足は膝を折っていた。

　警官たちは死体をゆっくりとあおむけにし、その無惨さに顔をしかめた。鼻から右頬にかけて深い傷が口を開け、右目は潰れ、右耳の一部が切り取られていた。咽喉は大きく切り裂かれ、まだ血が噴き出し続けている。明らかに、殺されてから間がなかった。

　ワトキンズ巡査は、マイター・スクエアを午前一時半頃にも巡回していた。この時は何の異状もなかった。したがって犯人は、わずか十五分のうちに、この凶行を為し遂げたことになる。


　バーナー・ストリートの被害者は、本名をエリザベス・グスタフスドッター、長身のところから、愛称をロング・リズと呼ばれる売春婦であることが解った。スウェーデン生まれで、当時四十四歳だった。切り裂きジャックの被害者中、唯一の外国女性である。

　二十三歳の時単身イギリスに渡り、メイドをしていたが、二十六歳の時、船大工のジョン・ストライドと結婚、エリザベス・グスタフスドッターがエリザベス・ストライドとなる。二人の子供を儲けている。

　この夫は一八八四年、心臓麻痺のため、六十五歳で救貧院で死亡している。一方エリザベスは、三年前からマイケル・キドニーというアイルランド人の沖仲仕とディーン・ストリートの簡易宿泊所に同棲し、かたわら売春行為に走っていた。

一方マイター・スクエアの方の犠牲者は、ケイト・ケリーと名乗る大酒飲みの売春婦であることが解った。

ケイト・ケリーは本名をキャサリン・エドウズといい、一八四五年、イギリス中部地方にブリキ屋の娘として生まれている。死亡当時四十三歳だった。キャサリンは十九歳の時、トマス・コンウェイというやくざな兵隊と恋に落ち、駈け落ちして十二年生活を共にし、三人の子供まで作ったのだが、正式な結婚はしていなかった。

その後夫と子供を捨て、夜の女となり、市場の運搬夫をしているジョン・ケリーという男と同棲した。男が仕事にあぶれている間は、彼女が街に立って体を売っていた。

エリザベス・ストライドの体が、咽喉の致命傷以外はひき倒された時の肩と胸の打撲傷程度であったのに較べ、キャサリン・エドウズの受けた外傷はひどいものだった。ストライドで果たせなかった残虐な欲求を、犯人はエドウズで思う存分に遂げていた。

腹部は鳩尾から臍下《へそした》まで数回にわたって切り裂かれ、露出した内臓のうち、まず腸が引き出されて切断され、先端が右肩の上にひっかけたようなかたちにされている。肝臓は尖ったナイフで突き刺され、左葉が垂直に切られていた。そして不可解なことに、左側の腎臓がそっくり切り取られ、紛失している。

凶器は刃渡り六インチ程度の鋭利なナイフで、犯人はこの解剖作業を十分程度の時間ですませていることから、かなり解剖に精通した者、と検死を担当したバクスター・フィリップス医師は私見を述べた。

十月一日の各新聞は「二重殺人事件《ダブル・マーダー》」として、この事件を大々的に報じた。

二人の女は、死の直前、客らしい男と話しているのをそれぞれ何人かの通行人や巡査に目撃されているが、相手の男の人相風体は、申したてる人によってまちまちで、統一されない。

しかしキャサリン・エドウズへの犯行後、犯人は逃走時に、これまでにない重大な手がかりを現場付近に遺《のこ》していることが判明した。

遺留品はふたつある。ひとつはまたエプロンである。しかしこんどのは本物で、犯人はキャサリンの着用していたエプロンを切り取って持ち去り、ドーセット・ストリート付近の公衆水道で手の血を洗い、このエプロンで拭い、捨てたと考えられる。公衆水道の水だまりに血に染まった赤い水が遺っているのと、ゴールストン・ストリートで血のついたキャサリンのエプロンが見つかった。マイター・スクエアから五百五十ヤードばかり離れた地点である。

これを見つけたのは夜間巡回中のアルフレッド・ロングという巡査で、三十日午前二時五十五分のことだった。午前二時二十分に巡回した時はまだ落ちていなかった。

そしてもうひとつの遺留品が、後にとみに有名となった白いチョークによる落書きである。落ちていた先のエプロンの、真上の壁の黒い羽目板に、

「ユダヤ人は、みだりに非難を受ける筋合いはない」

そう殴り書きがしてあった。犯人が遺したものとすれば、これは唯一の、そして確実な筆跡である。チョークの粉末が文字の下に落ちており、書かれて間がないものであることが確かめられた。

ところが、ここに信じがたい事件が起こっている。ロング巡査の報告を受けて、自ら現場視察に出向いてきていたスコットランドヤードの超大物、ウォーレン警視総監が、落書きを写真に撮りたいという係官らの申し出を却下し、その場で部下に命じて落書きを拭き消させてしまったのである。

この信じがたい失態は、のちのちまで世の語り草となった。落書きの内容がユダヤ人弁護であることから、これをもし民衆が目にすれば、一連の連続殺人をユダヤ人の仕業と思い込み、殺気だって反ユダヤ暴動が起こりかねない、ウォーレンはそう懸念したのだったが、しかしこの証拠を温存し、そういう事態を防ぐ手段はいくらも考えられたはずである。

判断を誤ったというほかはないが、それほど警察も焦って、冷静さを欠いていたということであろう。それともお偉方が思いつくことは、いつの時代もたいていこんなふうにピントのずれたものであるということか。こんなふうにして「切り裂きジャック」の事件は、いよいよ迷宮への急坂を加速しはじめるのである。

4

ところで後年これほど有名になった「切り裂きジャック（Jack the Ripper）」という呼称だが、この名がいつ発生したか、誰によって命名されたかはきわめてはっきりしている。本人によってなのである。「二重殺人事件」の二日前、第二の殺人からは二十日ばかりが経った九月二十八日、フリート・ストリートにあるセントラルニューズ・エイジェンシーに、一通の手紙が届いていた。九月二十五日付けのイーストロンドン局の消印がある封書だった。

親愛なるお偉方《ボス》へ
警察《サツ》がおれを捕まえたとぬかしているが、おれの正体なんざ皆目見当ついちゃいないさ。やつらが得意気に目星はついたなんてのを耳にして、おれは腹を抱えているよ。レザーエプロンが犯人《ホシ》だなんてのは悪い冗談だ。

おれはな、売春婦に怨みがあるんだ。お縄を頂戴するまでやめる気はないぜ。この前の殺しは大仕事だったな。女には金切り声をあげるひまも与えなかったよ。おれを捕まえられるものならやってみな！　おれはこの仕事に打ちこんでいるんだ。もう一度やりてえよ。おれの面白い遊びを耳にするのももうじきのことさ。

この前の仕事ぶりを書くのにぴったりの赤い血を、ジンジャーエールのビンに溜めこんどいたんだが、ニカワみたいにねばねばして使いものにならなかったよ。赤インクもおつなもんだろう。ハッハッハ！

お次は女の耳を切り取って、警察の旦那衆のお楽しみに送るからな。この手紙をしまっておいて、おれが次の仕事をしたら、世間に知らせてくれ。おれのナイフはよく切れるよ。チャンスがあればすぐにも仕事に取りかかるぜ。あばよ。

あんたの親愛なる切り裂きジャック

追伸。仇名を使わしてもらったぜ。赤インクのついた手で手紙をポストに投げこんで悪かったな。このおれが医者だなんて、笑わすぜ。ハッハッハ！

ここに「切り裂きジャック」の名がはじめて登場している。この時点では、受け取った通信社ではいたずらとして一笑に付し、念のためにスコットランドヤードに回送しておいたものの、真剣に考えてはいなかった。ヤードの方でも、この手紙を特に重要視はしなかった。ところがこの後二重殺人が起こり、殺人があまりに連続するため、この手紙を見直そうという気運が起こってきた。

十月一日付けスター紙が、二重殺人の報道とともに、この手紙の全文を掲載し、世間に大反響を巻き起こした。この時一般大衆は、はじめて「切り裂きジャック」の名を目にしたのである。するとそこへさらに追い討ちをかけるように、九月三十日の消印で再びジャックの手紙が、同じセントラルニューズ・エイジェンシーに舞い込んだ。九月三十日の二重殺人が新聞各紙で報道されたのは十月一日朝のことだから、九月三十日の時点で二重殺人の発生を知っているのは、現場近くの住人だけである。

おれはお偉方をおちょくって予告をしたんじゃないぜ。明日になればこの小粋なジャック様の仕事ぶりがいやでも耳に入るぜ。今度は二重殺人よ。最初のやつにはちとばかり騒がれて、思い通りにいかなかった。警察に送りつける耳を切るひまがなかった。この仕事を終えるまで、前の手紙を取っておいてくれてありがとうよ。

切り裂きジャック

この第二の手紙の中で、ジャックは前の手紙について触れている。ということは、この二通の手紙の差出人は同一人という可能性が高い。ところが不思議なことに、二通の手紙は筆跡が異なっていた。

スコットランドヤードはこの二通の手紙を複写したポスターを作り、これらの筆跡に見憶えのある人はもよりの警察署に届け出て欲しいと訴えた。ことここにいたり、「切り裂きジャック」というこの見事なネーミングは、すっかり世間に定着することになったのである。

しかし切り裂きジャックの事件が世界中の推理ファンを刺激し続ける理由は、実はこの先にある。ジャックを名乗る手紙は、これだけで終わりはしなかった。それどころか、凡庸な推理作家の空想力をはるかに上廻るような展開を次に用意した。

十月十六日、ジャックからの第三の通信が、今度はホワイトチャペルの自警委員会会長、ジョージ・ラスク氏宅に送られてきたのである。今度のものは手紙でなく、小包だった。開けてみると手紙が添えられ、何かの肉片らしいものが出てきた。
手紙の文面は次のようなものだった。

地獄より

ラスクさんへ

ある女から切り取った腎臓の半切れを送るぜ。あんたのために取っておいたやつさ。残りの半片はフライにして食っちまったよ。かなりいける味だったぜ、もう少し待ってさえくれれば、そいつを切り取った血まみれのナイフを送るぜ。

署名　出来るものなら捕まえてごらん、ラスクさんよ。

文字はひどい殴り書きで、故意にした誤字脱字が多かった。そして判断に苦しむことに、筆跡が前二通ともまた異なっていた。
まさかと疑いつつ、ラスク氏はシティ警察に届け出た。肉片は、警察医の鑑定を受けた。そしてなんと、確かに人間の腎臓の一部であるという鑑定結果が出たのである。
驚いた警察は、さらに精密な検査をするため、ロンドン病院病理学部長、トマス・オープンショウ博士のもとに腎臓を転送した。するとこれはジン浸りのアルコール中毒患者の腎臓で、しかもブライト病をわずらっていると判明した。

当然、死体から左腎臓を切り取られているキャサリン・エドウズの肉体の一部と考えられた。彼女もブライト病をわずらい、アルコール中毒者である。ところが彼女の遺体は、十月八日にすでにシティ墓地に埋葬されていた。これを再発掘し、彼女のものであることを確認するほどの熱意をみせる捜査官は、当時のヤードには存在しなかった。送られてきた腎臓が事実エドウズのものであったかどうかは、結局今にいたるも解らずじまいである。

こういう結果が世間に公表されると、こんどはオープンショウ博士のもとに、十月二十九日付け消印のジャックの手紙が送られてきた。

お偉方よ、ずばりあれは左の腎臓だぜ。あんたの病院の近くでもう一度やらかそうとしたんだ——可愛い女の咽喉にナイフをあてようとしたら、おまわりの邪魔が入って遊びがふいになっちまった。だけどよ、すぐまた次の仕事にかかるからな。そうしたらほかのを送るぜ。

切り裂きジャック

なあ、あんたは悪魔を見たことあるかい

顕微鏡とメスを使ってな
腎臓を検査するんだぜ
スライドを動かしてな

これは四行詩付きであるが、この手紙はどうも新聞記事を読んでのいたずらと考えられる。この頃からジャックの名を騙《かた》る膨大ないたずらの手紙が、ヤード、シティ警察、そして新聞社などにさかんに舞い込むようになった。たいていが「やあボス」という、当時イギリスではあまり使われなかったアメリカ英語を用いている。これは第一の手紙の書き出しをそのまま模倣したものだ。

匿名の投書は、次第に短詩《スタンザ》の形式をとるものが多くなった。そういう流行が生まれたのである。この時現われた裏街詩人の作品だけで、一冊の立派な書物ができるであろう。ここでは、投書についてこれ以上言及するのは控える。

いずれにしても、最初の手紙に現われた「切り裂きジャック」のネーミングをみなが大いに気に入り、全員が自分の偽作作品の署名代わりに使用したため、この名がますます世に定着するのである。

はたして最初の三通ばかりの手紙が、事実真犯人からのものであったのか、ここではその点だけが重要なのだが、残念ながらこれを推理し、結論を導くにはもう時間が経ちすぎている。なにしろ百年という時の彼方の事件なのだから。

こうして血腥《ちなまぐさ》い事件は、民衆がその恐怖に抵抗しようとしたが故か、次第にジョークの色彩を帯びていく。そんな風潮の中で、一人の人物が道化を演じるはめになった。ほかならぬスコットランドヤードのウォーレン警視総監である。

あまりにも遅々として進まぬ切り裂きジャック事件の捜査に業《ごう》を煮やした総監が、二重殺人の現場に自ら出馬、落書きという重大証拠を拭き消させる勇み足を演じたことはすでに述べたが、彼はその後、ブラッドハウンドという警察犬の非公式のテストにも一役かっている。

これは、新聞が犯人の追跡に嗅覚の鋭いブラッドハウンドを使うべきだとさかんに書きたてたからである。

十月八日、リージェント・パークでその実験が行なわれている。二頭の犬は、模擬犯人の臭いを嗅いだだけで一マイルも追跡、見事に見つけ出した。

しかしその夜、ハイド・パークに場所を変えた実験がうまくいかなかった。ウォーレン自らが犯人役を演じたが、犬が嗅ぎ出したのはまったくの別人だった。犬の感覚は非常に繊細なので、悪天候にわざわいされたのだと説明された。

ウォーレンは、犯人捜索に犬を採用するかどうかを大いに迷い、トゥーティングコモンでもう一度テストをした。この結果は、十月十九日付けのタイムズ紙に見える。

「チャールズ・ウォーレン総監のブラッドハウンド犬が、昨朝トゥーティングコモンで犯人追跡のテスト中行方不明となった。この犬を発見したら、ただちにスコットランドヤードに通知すべし」

犬は霧に巻かれたのである。そしてウォーレン総監の方は新聞にこう書かれた。

「万策尽きたウォーレン、犬に頼ることにした。犯人が誰かは犬に訊いてくれ」

ウォーレン総監は、口さがない新聞にやはり相当頭にきていたものとみえて、マレーズ・マガジンに執筆した記事の中で、マスコミ批判に言及した。

「海峡の向こうでは警察は秩序の支配者であり、報道機関はその活動を云々するような真似はしない」

しかし現職警視総監が、こうした内容の文章を雑誌に寄稿することには問題があった。議会で問題にされ、内務省通達というかたちで彼は文書によって問責された。

　これを機に、ウォーレンは辞表を提出し、受理された。刀折れ、矢尽きた格好で、ウォーレンは十一月九日、総監の職を去った。これは誰の目にも、ウォーレンのジャックへの敗北宣言だった。

　ところが皮肉にもこの十一月九日、切り裂きジャックの五人目の犠牲者が出たのである。

5

　コマーシャル・ストリートを西に少し入ったあたりにある小路、ドーセット・ストリート。その二十六番地にある暗く狭い路地を、さらに奥に入ったところにミラーズコートがある。両側が貸間部屋になっており、一階左角の十三号室に、メアリー・ジェーン・ケリーという娼婦が住んでいた。

　イーストエンドを根城にする娼婦たちは、概して年もいっており、醜女《しこめ》が多かったが、彼女は異色の存在で、二十五歳とまだ若く、顔だちもスタイルもよかった。したがって、自堕落な性格のわりに売れっ子だった。深夜巡回の警官に、「次は私の番かもね」と冗談を言っていた。

　ミラーズコートの彼女の部屋の大家である、ドーセット・ストリートの雑貨商ジョン・マッカーシーは、メアリーが、部屋代を六週間も滞納していることに腹をたてていた。

十一月九日の午前十時、そこで彼は店の雇人トマス・ボウヤーを呼び、今からメアリーの部屋へ行き、家賃をふんだくってこいと命じた。払わないといったら、執行吏を呼ぶと伝えろと言った。

ボウヤーがミラーズコートに着いたのは、午前十時四十五分だった。ドアをいくら叩いてみても、いっこうに返事がない。ノブを回してみると内側から錠がかかっており、鍵穴から中を覗いてみても閂《かんぬき》が塞いでいるらしく、何も見えない。

夜逃げでもされたかとボウヤーは疑い、表へ出て窓のところへ廻った。すると窓ガラスのひとつが割れていてわずかなすきまがあり、内側のモスリンのカーテンが見えていた。

割れたガラスに気をつけながら彼は指を内部に差し入れ、カーテンをどけて、室内を覗いてみた。そして思わず叫び声をあげ、手をひっ込めた。

十一フィート十インチ四方の部屋の中央奥には暖炉、右側にはベッドがあった。そのベッドの上に、メアリー・ジェーン・ケリーの無惨な死体が載っていたのだ。

素裸にされ、あおむけで、手は腹にあて、両脚を開いた格好で死んでいた。

死んでいるのが何故解ったかといえば、生きているはずもない状態だったからだ。

咽喉は左耳から右耳まで切り裂かれ、ほとんど首の皮一枚でようやく頭が胴体とつながっている状態だった。耳と鼻は切り取られ、さらに顔面はめちゃめちゃに切り刻まれていた。例によって腹部は切開され、内臓類と乳房が切り取られていた。

切り取った内臓類は中央テーブルに重ねて載せてあり、残りの一部は、壁の「漁夫の後家」という題の版画をかけた釘に吊《つる》してあった。

「人間というより、悪魔の仕業です」

ボウヤーの報告を受けて現場へとんできた家主のジョン・マッカーシーは、後にそう述懐している。

コマーシャル・ストリートの警察署に連絡がなされ、やってきた警官たちは、ただちにスコットランドヤードに電報を打った。一筋縄でいく状況ではない。誰の目にもこれは、あの「切り裂きジャック」の凶行と解ったからである。

アーノルド警視とフィリップス警察医がやってきて、現場を検分しようとした。が、彼らは窓から中を覗くだけで、ドアの前に立ち往生であった。

というのは、かの愛すべきウォーレン警視総監が、身をひきながらもここでイタチの最後っぺにも似た最後の命令を発していたからである。ウォーレンは、迷いながらも次の切り裂きジャック事件が発生したら、例のブラッドハウンドを使うと最終的に決断しており、したがって、犬が来るまで現場にも死体にもいっさい手を触れてはならないと厳命を出していた。そのため、犬を誰かが探し出して連れてくるまで、捜査官が二時間も部屋の外で立ち往生という、前代未聞の珍事が起こっていた。

アーノルド警視もフィリップス警察医も、ウォーレンがその日辞表を出していたことをまだ知らなかった。ウォーレン総監と連絡もとれず、犬の行方も解らない。事件は口コミによってめざましい勢いで付近に広がり、続々と野次馬がミラーズコートに集まってきた。

午後一時半、ついに業を煮やしたアーノルド警視は、独断で部屋に入ることを決心した。まず窓枠を取りはずし、鑑識班がそこから入って写真撮影をした。撮影が終わると、斧《おの》でドアが壊された。五人の医師団が現場に入り、入念に死体を検死し、それからさらに精密な検査を行なうため、遺体を馬車に載せてショアディッチ死体仮置き場に運んだ。野次馬で霊柩馬車はまた立ち往生である。

死体仮置き場での検査は解剖というより、切り取られた肝臓、子宮など内臓類の照合と縫合に終始した。六名の医師を動員して、この作業に六時間半を要した。その結果、紛失した部分はないことが判明した。

死亡時刻は、九日午前三時か四時頃と推定された。五番目のこの事件は、はじめての室内なので、夜が明けるまでの何時間かというもの、ジャックは心ゆくまでその嗜虐癖を愉《たの》しんだものと思われた。

暖炉には火を燃した跡があり、血のついた衣類や証拠の品々を燃したと思われる形跡もあるから、もし昨夜誰かが不審に思い、トマス・ボウヤーのように窓ガラスの割れ目からこっそり室内を覗いたとしたら、暖炉の炎に照らされ、血も凍るような狂気の作業に励む切り裂きジャックの姿を、目にすることもできたであろう。解剖作業には、約二時間ばかりを要したはず、そう警察では推定している。

メアリー・ジェーン・ケリーの場合、こんなふうにして初期捜査がひどくもたついたわけだが、彼女の場合、前の四人と違って、切り裂きジャックとも思われる男を他人に目撃させているという点でユニークである。彼女の生涯と、十一月九日未明の様子を、以下に簡単に述べてみる。

メアリー・ジェーン・ケリーは、一八六三年、エール州南西部に生まれた。父親は鉄工場の職工長をしていた。十六歳の時デイヴィスという炭坑夫と結婚したが、夫はガス爆発で死亡した。子供はなかったが、その補償金の支払いが十八ヵ月も遅れたため、街娼になったという。

ロンドンに流れてくると、当然のようにイーストエンドの住人になった。青い目、腰まである長い髪、顔だちがよく、品もあったが、唯一の欠点は色が黒いことで、そのため彼女は「ブラック・メアリー」と呼ばれていた。住居を転々とし、何人かの男と同棲していた。

殺される二年前から、ジョセフ・バーネットという鮮魚運搬人と同棲していた。バーネットは、よく新聞を買ってきては切り裂きジャックの記事を読ませていたらしい。

バーネットとの同棲中、二人はよく金のことでいさかいを起こし、そのたびメアリーは飲んだくれた。そんな二人がミラーズコートのマッカーシーの貸間にやってきたのは一八八八年三月のことで、この時バーネットには定職がなく、時おりスピッタルフィールズの野菜集荷市場で荷かつぎの臨時仕事をやるだけだった。それでもバーネットが仕事をしている時は、メアリーは街に立つことはしなかった。

十月末、二人は大喧嘩をした。メアリーが女友達の売春婦を連れてきて、部屋を二つに仕切って彼女に半分を貸すと言ったためだった。バーネットは強硬に反対し、派手な立ち廻りになって窓ガラスを割った。これがボウヤーが覗いて事件を発見した窓である。

このためバーネットは部屋を出ていき、ビショップスゲイト・ストリートの簡易宿泊所に移った。この時メアリーは妊娠三ヵ月だった。バーネットの子ではない可能性もある。

メアリーは酔うと、よく嘘の身の上話をバーネットや友人に話した。ウエストエンドの高級娼家にいた時、若くて教養があり、ハンサムなフランス人が自分を身請けしてパリに連れていってくれ、そこで愛人として派手な生活を送った、などと吹聴した。そして片言のフランス語を喋《しゃべ》って聞かせた。むろん、誰も信じる者はなかった。イーストエンドに身を沈め、アル中に陥った娼婦によくある話である。

十一月八日夜十一時四十五分頃、同じミラーズコートに住むメアリー・アン・コックスというやはり娼婦が、近くのブリタニア・パブから出てくるメアリー・ケリーと出遭《であ》っている。ケリーは、三十八歳くらいの男と一緒だった。男は、アン・コックスもそれまで見たことのない人物で、小柄でがっしりとした体つき、吹出物の多い顔に、赤い口ひげを生やしていたという。中折帽をかぶり、手にビールのジョッキをさげていた。

アン・コックスは、赤い口ひげの男、そしてメアリー・ケリーと三人一緒にミラーズコートまで帰ってくると、「おやすみ」とアヴェックの二人に挨拶をした。ケリーも挨拶を返し、男に、

「私の歌を聴いてね」

と言いながら二人で十三号室に入っていった。アン・コックスによれば、まもなくケリーの歌う声が部屋から洩れてきた。

「母の墓に捧げようと摘んだ、たった一本のスミレの花よ」

というセンチメンタルなアイルランド民謡だった。十五分くらいしてコックスが外出する時も、歌はまだ続いていた。

「ジーラ、愛しい人、摘んだ花をあなたにあげる」

ケリーの部屋には明りがつき、いつか雨が降りだしていた。

しかし午前三時、コックスが戻ってくると、もう部屋の灯は消え、何の物音もしていなかったという。

メアリー・アン・コックスが証言する赤い口ひげの男が、切り裂きジャックであったかどうかは謎である。事件後、その男が名乗り出ることはなかったし、メアリー・ケリーが、彼の後、また別の客をとった可能性もある。

切り裂きジャックの仕業とされる五つの殺人事件の説明は、これですべてである。この後、六つ目の切り裂き事件はもう起こることがなかった。謎というならこれも大いに謎である。のちに起こった同種の事件、たとえばヨークシャー・リッパー事件にせよ、ボストン絞殺魔事件にせよ、精神異常の犯人は、捕まるまで連続して事件を起こし続けるのが通例だからである。このためジャックは、自殺したか発狂したのであろう、と多くの人は考えている。もっともこの五件でジャックの凶行が終了したと判明するのは、ずっと後になってからのことである。一八八八年当時は、六番目の凶行がいつ起こるかと、ロンドン市民は陽が落ちると怯えて日を送った。そしてふと気づくと、「切り裂きジャック」の名は、婦人に対する凶悪事件の代名詞として定着していたのである。

切り裂きジャックは、十九世紀末のロンドンに恐怖だけを遺し、忽然《こつぜん》と去った。自殺説、発狂説、海外逃亡説などさまざまに言われるが、真相は、ついに今日まで解明されることがない。

ジャックはウォーレン警視総監まで現場にひきずり出し、最後には辞職に追いやって完璧に勝利したかたちだが、ついにはヴィクトリア女王にまで、ジャックについての言及をさせている。

女王は時の首相ソールズベリー侯爵に、解決に努力するよう親電を送っている。恐縮した首相は、ただちに閣僚を招集し、事件の対策閣議を開いた。世界に冠たる大英帝国が、それもその勢力の絶頂期にあって、一犯罪者のために閣議を開いたのは前代未聞だった。切り裂きジャックの事件は、もはや国家的重大事となっていた。

だがこの大犯罪の謎は、それでも解かれることはなかった。真犯人は、その名を明かさぬまま、百年の時の彼方へと姿を隠したのである。

一九八八年、ベルリン

1

十月ともなると、ベルリンに、百年前のロンドンと面白いほど似たような現象が現われていた。「ベルリンの切り裂きジャック」の人相特徴が、黒い革のジャンパー、パンクふうに逆立った髪に黒いジーンズ、とテレビに雑誌に発表になると、そんな風体の青年たちは街を歩くたび周囲からじろじろと睨《にら》まれ、革ジャンのパンクボーイたちがたむろするディスコやパブの類《たぐ》いは、開店休業のようなありさまとなった。そのため、頭にきた店の経営者と革ジャンのパンクボーイたちがトラブルを起こし、あちこちで乱闘を演じた。

舗道を歩いている革ジャン、リーゼントのパンクボーイが突然車から撃たれたり、似た風体の女性が暴行を受けたりした。

そうした一方で戯《ざ》れ唄が作られ、あちこちのライヴ・スポットで演奏された。レコードもプレスされ、ヒットのきざしを見せた。

変質猟奇犯罪を扱った小説、特集雑誌の類いが続々と出版され、羽根が生えたように売れた。特に今回の「ベルリン切り裂き魔」を扱った号外雑誌、百年前の、本家の「切り裂きジャック」を紹介した本、また両者を比較対照した単行本などは、記録的な売上げ部数を達成した。

外国からの反響も大きく、スイスのジュネーヴやフランス、イギリス、遠くアメリカなどからも、心理学者や精神病理学者、犯罪心理研究家や在野の犯罪研究家が続々とベルリンに乗りこんできた。ベルリン大学からの招きもあったが、多くは自らの生涯をかけた仕事の成果がここに生かされると信じた人々だった。

新聞に、テレビにラジオに、これらの知識人たちは大活躍した。彼らが自信に充ちた自らの考えを述べるたび、一般大衆は自分の推察に自信を抱いたり、白紙に戻したりした。

彼らは、分類整理し、自らの財産として持ち歩いている世界中の同種の精神病犯罪の、膨大な事例を次々と披露した。そして説得力ある語り口で、こういう現象の理由を解説した。

西ベルリンに限らず、東ベルリン、そしてドイツ各地で、彼らは講演にひっぱりだことなった。それまで日の目を見ることのなかった彼らの地味な著作が、ドイツ語に翻訳され、大いに売れた。一九八八年のベルリンで、ひと財産を作った学者もいた。

彼らの何人かは、ベルリンの警察にも招かれて講演した。大いに参考になったと刑事たちは応えたものだったが、本心ではなかった。彼ら犯罪学者が披露する多くの事例と、今回のベルリンの切り裂き魔とでは、微妙なへだたりがあった。

まず何といっても起こした事件の数が違う。これはどんな素人目にも明らかである。精神異常者たちは、その名を犯罪学者の間で高からしめる凶悪事件にいたるまでに、多くの類似犯罪を起こしているし、凶悪殺人にいたってからも、たいていは逮捕されるまで延々と殺人を愉しんでいる。

また、外科手術のごとく腹を裂き、内臓を手摑《でづか》みで引きずり出すなどという荒々しい事例は、彼らが披露するサンプルには見あたらないし、いきなりそんな衝撃的犯罪を起こし、しかも五件のみでぱったり鳴りをひそめたという例もない。

やはり今回のベルリン切り裂き魔の参考になりそうな類似性を持つ先例となると、それは唯《ただ》ひとつ、ロンドンの「切り裂きジャック」以外にないのである。

そして異常犯罪の専門家は、あれから一週間経つが、これ以上犯罪が起きないとすれば、それは当人が自殺したか、家族が異常に気づいて精神病院に入れたかした可能性を考えるべきだと言った。これも、百年前のロンドンで聞かれた専門家の言葉と似ている。

十月六日、ベルリン署の交通管制センターに、小さな小包が送りつけられてきた。開けてみると、透明なヴィニールに入った赤黒い何かの肉片だった。ヴィニール上部のすきまから、生臭い、血と腐肉の臭いがかすかに洩れていた。

管制センター中の人間が驚き、交通違反取り締まりに対する嫌がらせであろうという結論になって、汚物入れに捨てられそうになったのだが、メンバーの一人に、現在ベルリン中を騒がせている「ベルリン切り裂き魔」との関連を思いつく者がいた。この不気味な肉片は、殺人課に持ち込まれ、続いて鑑識班に転送された。郵送物には、何もメッセージの類いは添えられていなかった。

鑑識班のホウロウのバットに落とされた赤い肉片は、縦十センチメートル、横二十センチメートルくらいの、平たい長方形をしていた。ピンセットであちこちを突つき廻されると、すぐにそれが筒状の物体の一部であることが知れた。

たちまち、二十センチメートルほどの長さに切り取られた人間の大腸の一部であることがつきとめられた。そうなれば考えられるのは、九月二十五日に殺されたマーガレット・バクスターの大腸の一部ではないかということだった。

惨殺された五人の英国系女性のうち、三番目に殺されたマーガレット・バクスターだけは、二十センチメートルにわたり、大腸を切り取られている。そして紛失した部分は、それまで発見されていなかった。

五人の女性は五人とも、まだ埋葬されてはいなかった。解剖と精密検査がすんだ後、冷凍され、現在霊安所に安置されていた。さっそくマーガレット・バクスターの死体があらためられると、送られてきた肉片は、彼女の切除された大腸部に、ジグソーパズルの最後の一片のように塡まった。

小包はベルリン市内から出されており、発送したとおぼしき郵便局まで見当をつけることができたのだが、郵送小包の窓口の者に、発送者の人相を思い出せる者はなかった。繁華街の郵便局で、連日窓口に行列ができるような局であった。

さっそく殺人課の緊急招集がかけられた。送りつけられてきた腸の一部をどう解釈するか、諸君の意見が聞きたい、とレオナルド・ビンター捜査主任は言った。

「つまり、犯人自身が送りつけてきたものかどうか、といった点でしょうか」

ハインツ・ディックマン刑事が問い返した。

「むろんそういうこともある」

「犯人と考えるべきでしょうね」

ペーター・シュトロゼックが言った。

「百年前のロンドンにおける事件でも、四番目に殺されたキャサリン・エドウズの左側の腎臓が持ち去られています。そしてこれが後日、犯人から郵送されてきました」

「あれも、郵送してきたのが犯人とは限らないぜ」

別の刑事がシュトロゼックに向かって言った。

「いや、事実それが人間の腎臓で、しかもブライト病をわずらっている人間のものだった。つまりエドウズ当人のものに違いないわけだ。エドウズ当人のものとすれば、犯人以外の誰が手に入れられる？」

「いや、一八八八年のロンドンというのは、今のわれわれが暮らしてる世界とはずいぶん違う。貧民となれば、ほとんど全員がアルコール中毒者といってもいい時代だし、そのうちの非常に多くの人間がブライト病をわずらっていた。栄養状態だってひどいもんだったからな。だから貧民の行き倒れは、それこそ日常茶飯事だったんだ。アル中や、病気持ちの行き倒れ者の内臓を手に入れることは、現在のわれわれが想像するよりたやすいものだった」

ディックマンが言い、

「そうだな、あの腎臓は、エドウズ本人のものと照合確認されたわけじゃない。死体は、もうすでにその時、埋葬されていたわけだからな」

別の刑事が横で相槌《あいづち》を打った。みな、百年前の切り裂きジャック事件について詳しくなっていた。

「じゃああの腎臓は、別人のものだったというのか？」

シュトロゼックが反論した。

「その可能性は充分あると思う。というよりぼくは、『切り裂きジャックからの手紙』なるものすべてが疑わしいと思っている。どうもできすぎだと思うんだよ」

「ディックマン、スコットランドヤードのお偉方と同じ意見だな、われわれ警察というのは、どこも同じような考え方をする」

「犯罪者の心理は知ってるつもりだ。特に殺人者の心情は。とてもじゃないが人を殺して、それもあんな情状酌量の余地もないような残忍な殺し方をして、それを告白するような手紙を出せるはずがない」

「一般的にはそうだろう。だからあの事件は、歴史に類を見ないようなものになっているんじゃないか？」

「そんなことはない。歴史には多々先例を見るさ。暴君ネロしかり、ドラクール伯爵しかり……。とにかくだ、ジャックからの手紙なるものすべてがいたずらだというのが、ぼくの考えなんだ。いたずらをより刺激的にするために、あれこれと知恵を絞ったんだ。赤い血の色のインクで手紙を書いたり、内臓の一部を送りつけたり、またやるぞと予告をしたり、その気になれば、誰でも思いつきそうなことさ」

「しかしキャサリン・エドウズの腎臓が切り取られ、持ち去られていることは、一般には報《しら》されていたのか？」

シュトロゼックは食い下がった。

「俺の読んだ資料では、その点がはっきりしなかったんだ」

「そりゃ報されていただろうよ。ここ一週間ばかりのわが新聞や週刊誌の大活躍を見りゃ解るだろう。金になるなら、ブン屋はどんなことしてでもつきとめるさ。紛失した臓器なんてのは格好の話題だぜ、放っておくものか」

シュトロゼックが言葉に詰まり、主任が手をあげて二人を制した。

「よし、充分だ。君らがロンドンの切り裂きジャックについて詳しくなったのはよく解った。何を隠そう私もだ。今やベルリン中の本屋に、ロンドンの本家について書いた本がたくさん並んでいる、だが間違えないでくれ、われわれは今、百年前のロンドンの事件を解決しようとはしていない、一九八八年のベルリン連続殺人の犯人を挙げたいんだ。シュトロゼック、君は当初何を言わんとしたのかね？」

「私の考えはディックマン刑事とは少し違います。今回のようなケースは、単に娼婦殺しという解釈では、とてもことの本質をとらえることはできないと考えます」

「詩人の領域かね？」

「ある意味ではそうかもしれません。娼婦、それも街娼というものは、この西ベルリンという都市の一部であり、恥部だと思う。誰かが都市にナイフを向けたい衝動を感じる時、最もふるいやすいおできみたいな対象なんです。暗い、もの淋しい夜更けにたった一人で立っているんですから、まるで殺してくれと言ってるようなものだ」

「それで？」

「犯人が頭のおかしいやつという考え方には反対しませんが、社会全体に対し、強い怨念を抱いているんじゃないかと思う。立っている娼婦にも、われわれ警察機構にも、交通管制センターにも、政治機構にもです。犯人にとっては、これらすべて、憎むべき巨大な病塊の部分部分なんじゃないか。だから娼婦を殺し、切り取った肉を、交通管制センターに送りつけてきたんじゃないかと思う。見当違いの場所では？　と思うのはわれわれ常識人の発想であって、犯人にとっては、これでも一応以上に筋が通っているんじゃないかと思うんです」

「つまり今回の小包も、犯人当人の仕業だというんだな？　君は」

「そうです。今後さらにとんでもないところに、この件についてのメッセージを送り届けてくるかもしれません」

「この一件はマスコミには内密にした方がいいんじゃないですかね。でないとまたひと騒動が起きますよ」

カール・シュワンツが言った。

「そうしたいのはやまやまだがな」

主任が言った。

「交通管制センターというのはマスコミの巣なんだよ。テレビ、ラジオの出先スタジオがあるくらいだからな、おそらくもう洩れている」

「それで交通管制センターに送ってきたんですかね」

「かもしれん。なんとも判断に苦しむね」

「じゃあまた、上を下への大騒動ですよ。記者会見を開かざるを得んでしょう。見解を求められますよ」

「そんなところさ。気が重いね」

「どう答えます？」

「ノーコメントで通す、まだ話せる段階じゃない。それよりシュトロゼック、例の落書きの件はその後どうなった？」

「どうもなりゃしません。あんな落書き、捜査しようもありませんから。どしゃ降りの雨の中で、目撃者も出ません。

ただ午前一時、および一時半頃ベルリーナ・バンクの前を巡回した巡査が、その時点では落書きはなかったと証言しております。ゆえに、ここにいるシュワンツがあれを見つけた午前二時十五分くらいまでの四十五分間に、何者かが書きつけたということです」

「犯人と考えるかね？　シュトロゼック。ジュリア・カスティとキャサリン・ベイカーの咽喉《のど》を裂き、モニカ・フォンフェルトンに瀕死の重傷を負わせた者があれを書いたんだと？」

シュトロゼックの顔を見据えて主任は言う。一種哀願するような目つきをした。相当まいっているな、と刑事たちは思った。

「確信は持てませんがね」

シュトロゼックはゆっくりと言った。

「おそらくそうでしょう」

「だが何故だ？」

主任がやや強い口調で言った。

「一八八八年のロンドン、イーストエンドというなら解る。あのあたりには大勢ユダヤ人が住んでいた、今インド人が住んでいるようにな。そして、イギリス人から大量に仕事を奪っていたんだ。当時イギリス人とユダヤ人とは深刻な対立関係にあった。だから大事件が起こるとたちまちユダヤ人のせいにされた。そんな背景をふまえて、あの落書きは現われておるわけだ。犯人による本物の落書きであるにしても、事実ユダヤ人である自分を弁護したのか、それともそう見せかけてユダヤ人に罪をなすりつけようとしたのかという疑問は残るが。とにかくユダヤ人がわんさといる街だからこそ、あれに意味がある。

だがここはどうだ？　ユダヤ人なんぞほとんどいやしない。東ベルリンにはけっこういるが、西側のこっちには、かたまって住んでいる地区もない。将来は知らんが、たった今は世界中で一番ユダヤ人の少ない街かもしれん。四十数年前、偉大な先輩が徹底して追い出してくれたからな。そんな街で、あんな落書きがどんな意味を持つ?!　ええ？　シュワンツ、どう思う」

「ですからあの落書きは、自分が百年前の『切り裂きジャック』事件を心得ているんだぞという、一種の宣言のようなものではないでしょうか。もし犯人のものだとすれば、俺はロンドンの切り裂きジャック事件を知っていてこんな犯罪を犯しているんだぞという、一種の教養を物語っているんだと思います」

「物語ってどうするんだ！」

レオナルド・ビンター主任は、吐き出すように言った。

「そんな教養クソ食らえだ。知っていたから何だ。シュトロゼック、君はどう思う」

「解りません。だが、この落書きが百年前のロンドンの事件と共通したものであると指摘してきた投書はほかにも数多く、ちょうど百年を隔てたこのふたつの事件は、実像とその鏡像なのだと」

「実像と鏡像？」

「はあ、百年の時をへだてて、切り裂きジャックが鏡に映ったんだと。被害者がすべて娼婦であること。五人でぴたりと停まっていること。まず咽喉を切り、それから腹を裂いて内臓を手摑みで引き出していること、つまり手口が共通することです。被害者の五人のうち、四人までが年齢のいった、まあ醜女《しこめ》であり、一人だけ若い女が混じっていること。それから五人の被害者の、住んでいた場所が非常に接近していること、偶然とは思われない。これこそは神の意志と……」

「何？」

主任が突然顔をあげた。

「ちょっと待て、接近して？　そいつは気になるな。どういうことだ？」

「本家の『切り裂きジャック』の五人の被害者は、みなスピッタルフィールズの簡易宿泊所に住んでいました。メアリー・アン・ニコルズがスロール・ストリート十八番、アニー・チャップマンがドーセット・ストリート三十五番、エリザベス・ストライドがディーン・ストリート、キャサリン・エドウズがファッション・ストリート六番、メアリー・ジェーン・ケリーがドーセット・ストリート二十六番、半径約五十メートルの円内にすべて含まれます。そのくらい被害者の五人は接近して住んでいたわけです」

「なるほど」

「今回の被害者も同じです。五人が五人とも、クロイツベルクの貧民街の住人です。住まいはやはり、半径五十メートルの円内におさまります」

「ふむ……、だがそれがどうした？　それにどんな意味がある？」

「いや、ただそういう指摘が書かれているだけです。ですから百年前の事件の謎は、今回の事件の謎でもあると、両事件は、共通した因子によって発生した双生児の可能性があると、投書はそう言っております」

「だから切り裂きジャックの事件も勉強しろってのか？　ふん。俺たちは勉強した、だが何も解りゃしない」

「自分と会ってくれと言っております。会って直接説明すると」

「話にならん！」

主任は顔の前で手を振った。

「有名になりたい売名主義者がまた一人だ。有名になってひと儲けしたいんだ。今ベルリンは、文化人、教養人たちの荒稼ぎの場だ。愚にもつかん手前勝手な推理をくどくどと述べて、銭を握って帰っていく。名の通ったお偉方の講釈をみんな聞いたろう？　何かの役にたったか？　専門家でさえあれだ、まして名探偵気どりの素人《しろうと》の意見を聞いたところで時間の無駄だ」

「しかし主任、この『切り裂きジャック』の研究家というイギリス人は、マスコミにまだ発表されてもいないのに、あの落書きについて書いてきているんですよ」

「それがどうしたんだ、あの落書きは、クーアフュルステンダムにあったんだぞ。西ベルリンで一番賑やかな場所だ。事件の翌朝にゃ、ものすごい勢いで噂はひろまっていたに決まっている。そこで聞き込んだんだ」

「そうかもしれませんが……」

「われわれはプロフェッショナルだ、誇りを持とうじゃないか、ええ？　諸君。素人の思いつきなんぞ聞いてる時じゃない、ベルリン署始まって以来のこの大事件は、われわれの手で、知恵で、解決しようじゃないか！」

レオナルド・ビンター主任は、そう言って人差し指の先で、強く自分のデスクを押した。

2

ベルリンなんて街自体が、そもそも狂ってるんだ。一九六一年の八月にこの東西の壁ができて以来、東から西へ移ろうとして、いったい何人のドイツ人が死んだことか。同じ国の者同士が、自分では望みもしないのに殺し合いをやっている。

塀の向こうでは、この壁の中には怖ろしい階級の敵が暮らしていると、来る日も来る日も子供に教えている。そして幼稚園も小学校も、中学も高校も大学も国が与えているのに、これ以上何を望むんだ、これ以上の幸せはないと主張している。与えられる以上のものを望まずにいれば、俺たちは原始時代から一歩も進化はしなかったろう。

何故なんだ？　誰に言わされているのか解ってるんだろう。だいたい、今の爺さまたちが若かった頃、ここはひとつの国だったんだ。半分だけが、そんなに急激に、階級の敵に堕落するはずもなかろう。

塀の向こうでは、ことあるたびに反政府デモが行なわれる。そのたびに何人もの東ドイツ人が牢にぶち込まれる。デモのたびに何ダースもの思想犯が生まれるのだ。

その連中を、西ドイツ政府が大金を払って買う。西側へ、金を払って人間を買いつけるのだ。そして自由競争の海の中へ放してやる。いわゆる「自由買い」だ。

その金がいくらだか、ドイツ人以外は知っているのだろうか。いやドイツ人だって、たいていの人間は知らない。今まで西が東に払った金を、買い入れた人間の頭数で割ると、一人分の値段が四万マルク（約四百万円）にもなるのだ。それも昔の話になって、一九八八年の今は、六万から八万マルクかかるという。

思想や信念という、本来自由が保障されるべき理由で犯罪者とされているのだから、これは無罪であり、だから自由にしてやるべきと西の政府は言う。理想主義で、けっこうなことだが、西側に買って欲しくて、あえて過激なデモに走る者もいる。生まれついての犯罪者も、西側は買わされることがある。

去年の十一月十二日、フランクフルトのオペラ座が放火された。火をつけたミハエル・ボーターという二十六歳の男は、自由買いで西に入ってきた人間だ。ぬるま湯みたいな東の世界で育てられたから、こっちの自由競争世界になじめず、職を転々としたあげくに空腹を抱え、食い物欲しさにオペラ座に忍び込んだが、食い物がなかったから腹をたてて劇場に火をつけた。損害は一億マルクだそうだ。

なんという茶番だ。もともと同じ国の国民を、馬鹿高い金を払って買う。その金で東側は、西の物資や食料を買っているのだ。ヒトラーのつけを今支払わされている。そのあげく火をつけられてりゃ世話はない。

西の状況も似たようなものなのだ。自由買いでこっちへ来た連中は着の身着のままだ。最初は自由になれたと喜んでいるが、家もなければ仕事もない。東にいたらなんとか両方あったろう。いくら真面目に働いても賃金は同じだという不条理に疑問を感じたのだろうが、こっちだっていくら働いたって煉瓦職人は煉瓦職人だ。西も東も結局は同じことなのだ。貧乏人に優しい世界なんてありはしない。

自由競争社会は、人より極端に抜きん出た才の者にはいいだろうが、そんなのはひと握りの祝福者《セレブリティ》だ。それ以外は、やっぱり金持ちの息子だけが金持ちになる。貧乏人はどうあがいても貧乏人のまま。ゴミ溜めの中でもがく鼠《ねずみ》みたいなものだ。

凡庸な人間には、東の共産形態はけっこうおつなものじゃないのか。一生懸命働こうが、のんべんだらりと働こうが給料は同じ。だったら適当に仕事はすませて、あとは音楽でも聴いてりゃいい。もっともその音楽が、ゴミばっかりかも知れないけれどな。ベートーベンとバッハで我慢ができるなら、住む家は保障してくれる。歳食ってからの年金も、現実的な金額が支給されるのだろう。少なくとも東では、「切り裂きジャック」は起こらねぇ。

3

殺人課の電話が鳴った。また一般からの電話かと思い、オラフ・オーストライヒ刑事は受話器をとった。一般からの電話がいきなりここへかかることはないが、内容が重要と判断されると、こっちへ廻されてくる。

「市民課ですが、犯人について心あたりがあるという人の電話が入っています。名は名乗りませんが、信憑性《しんぴょう》が高いように思います。お聞きになりますか?」

「ええ、聞かせて下さい」

オーストライヒは応える。すると声が替わった。

「ベルリンの切り裂き魔を担当してらっしゃる刑事さんですか? 私の名はちょっと勘弁して下さい。クロイツベルクの倉庫街に住んでいるレン・ホルツァーという男を、是非調べてみて下さい。仕事は、ツォー駅前の『スージーQ』って店でウェイターをやってます。えらく娼婦嫌いの男でね、いつも殺してやりたい、あいつらみんなガス室だって、口癖みたいに言ってます。オーストリア時代のヒトラーが、たぶんあんなふうじゃなかったかな。

おまけにね、九月二十四日にあいつは、クーダムで日本製の大型水鉄砲を買ってるんですよ。これにインクをつめて、娼婦どもを撃ってやるんだっていってね。私は偶然それを見かけたんだ。

いや、まず絶対に間違いないと思うな。あいつならやりかねないよ。ベルリン中で、あんなに怪しい男はいないよ」

モニカ・フォンフェルトンの健康状態は、かなり回復した。十月七日、彼女が会いたがっているというので、カール・シュワンツは病院へ出かけていった。

午前中の陽の下で見るモニカの顔は、化粧をしていないせいか、ロンドンのマダム・タッソー蝋《ろう》人形館の、人形の一体のようだった。カールは昔、同僚と一緒にあのロンドンの名所を見物した。そういえばあそこにも、「切り裂きジャック」の事件が再現されていた。

「テン・ベルズ」と書かれたパブから、酔客の笑い声や音楽がテープで流れていて、その近くの暗がりに、腹を裂かれ、臓物を石の上にはみ出させたジャックの犠牲者が転がっていた。

奇妙だな、とカールは思った。凄惨な死体を実際目《ま》のあたりにしながら、今の今まで、ロンドンのあの蝋人形館のことを思い出さなかった。

「カール」

とモニカがベッドの上から恋人の名を呼んだ。ひどくか細い声だった。病室のドアを閉め、カールは急いでベッドに寄っていった。点滴の針が入っている腕に気をつけながら、唇を近づけてキスをした。

「だいぶ元気になったね」

とカールは言った。

「カール、私の部屋のカナリアに食事をあげて」

モニカは言った。

「今日は何日？」

「十月七日だよ」

彼は応える。

「オゥ、駄目だわカール、あの子たちはもう死んでるわ！」

そう言ってモニカは瞼《まぶた》に涙を浮かべる。カールはにやりとした。

「大丈夫だよモニカ、ぼくが毎日君の部屋に寄って、食事をあげておいたよ」

そう言うと、点滴の針の入っていない右腕で、カールにしがみついてきた。そして、

「愛してるカール！　よかった、どうもありがとう」

とモニカは言った。

「それより、早くよくなってくれよ。カナリアの方はちっとも心配しなくていいからね」

シュワンツは穏やかに言った。こんな時も、自分の身よりもカナリアを心配している。

優しい娘だ、とシュワンツは思った。

捜査会議の方は、多少進展していた。まず殺された五人の娼婦の素性、そして今日にいたるまでの経過が、以前より詳しく調べられていた。しかしこれも、格別捜査にプラスはしなかった。

オラフ・オーストライヒ刑事の発言は、みなの注目をひいた。クロイツベルクで、青インクを水鉄砲につめて持ち歩いている男を見た者があるというのだ。

「先ほど、一般から匿名《とくめい》の電話がありまして、そう言っておりました。男の名はレン・ホルツァー、クロイツベルクの倉庫ビルに、仲間と一緒に不法に住んでおりまして、年齢は二十代なかば。パンクボーイふうの髪型に革のジャンパーを常用と、人相風体も、風紀課のクラウス・エンゲルモーア巡査の申したてと一致します」

「それだけでは逮捕状は獲れんな、インクをつめた水鉄砲を持っていたというだけではな。それはいつのことなんだ？　その水鉄砲を持ち歩いていたというのは」

主任が言う。

「九月二十四日だといいます。メアリー・ヴェクター、アン・ラスカル、マーガレット・バクスターなどが殺される数時間前です」

「ふむ」

「しかも、殺された五人の女たちが住んでいた一角のすぐ近くです。約五分も歩けば往き来ができる程度の距離です」

「うむ」

「さらに、この男がウェイターとして勤務しているのは、ツォー駅前の『スージーQ』という飲み屋ですが、ここの同僚が、レン・ホルツァーが常日頃から娼婦に怨みを抱いて、さんざん毒づいているのを何人も聞いております。ヒトラーみたいに、あいつらをみな殺しにしてやりたいと繰り返し言っていたそうです」

「うん」

「クロイツベルクに住む娼婦の一人が、九月二十五日未明、ポツダム通りを一人で歩いているレン・ホルツァーを見かけたと言っています。自分はあの時物陰に隠れるようにしていたから見つからなかったけど、もし見つかっていたら、きっと殺されていたろうと言っています」

「その娼婦、名前は解ってるな？」

「もちろん解ってます」

「証人に呼べるな？」

「呼べます」

「よし、ではすぐにクロイツベルクへ行って、そのレン・ホルツァーなる男を引っ張ってきたまえ。重要参考人としてな」

カール・シュワンツとペーター・シュトロゼック、それにオラフ・オーストライヒとハインツ・ディックマンが、ホルツァーが住むというクロイツベルク倉庫街のビルにきてみると、入口あたりに堆《うずたか》く机や椅子が積みあげられている。しかし身を屈《かが》めれば、一番下のデスクの下をくぐって中に入れそうだ。ほかに入口は見あたらない。住人たちも、どうやらそうやって出入りしているらしい。

刑事四人も、そうやって中に入った。人の姿はなかった。出払っているのか、それとも午前十一時だから、みなまだ眠っているのかもしれない。内部はおそろしく汚れていて、下品な落書きが目だち、むっとする小便の臭いが鼻をついた。

レン・ホルツァーの部屋は三階だった。まるで瓦礫《がれき》置き場のような階段だった。瓦礫やがらくたのすきまから、わずかに階段らしい凹凸が覗《のぞ》く。石ころやブロックのかけらをよけ、飛び跳《は》ねたりしてかわしながら、ようやく三階の廊下へと昇った。

廊下の壁には、巨大な猥褻《わいせつ》画が描かれていた。両脚を広げた女性の陰部が、ちょうど明り採りの窓になっている。

廊下には、錆《さ》びた自動車の部品が点々と並べられてある。ひょっとするとこれは、芸術作品のつもりなのかもしれなかった。世間からドロップアウトしたパンクボーイたちの内にも、たまに芸術家がいる。しかしその芸術からも、鼻が曲がりそうな小便の臭いがした。

刑事四人は、不可解な前衛画廊のような廊下を歩いて、レン・ホルツァーが住んでいる部屋のドアの前に立った。ドアはすぐに解った。黒いスプレーで麗々しく名前が書かれていたからだ。

刑事はドアをノックした。最初の二回には何の応答もなかった。続いて二回、すると中から眠そうな声の返事があった。

「誰だ？」

と問うので、名乗る前に刑事たちはドアを開けた。鍵はかかっていなかった。

ドアの内側も、空気の臭いに大差はなかった。壁がけばけばしいピンクに塗られた部屋だった。ピンク地の上に、黒いスプレーで、意味不明の図形や文字の落書きがあった。

床の上には衣類が散乱して、ベッドの脇には下着類が山のようになっていた。黒いパイプのベッドは隅にあり、その上に深緑色の毛布があって、その下の痩せた若い男が今上体を起こしたところだった。

頬がこけ、顎《あご》とわし鼻が鋭く尖《とが》っており、髪も中央あたりが天を向いて立って、今起きたばかりというのに、目の異様に大きな男だった。目の下のくまが二重三重に目だち、咽喉仏が、折れた骨を思わせるほどにとび出していた。毛布が少しずり落ちると、少し汚れたランニングシャツが覗いた。腕も細く、筋ばった印象で、肘関節の骨が目だった。何から何までとがったような印象の青年だった。

「誰だ？」

レンは充血した目を見開いて、もう一度訊いた。

「レン・ホルツァーだな？」

男はじっと目を見開いたまま、何も反応しない。

「警察だ」

オラフ・オーストライヒがバッジを見せた。とたんにレンは跳ね起き、ベッドの下に手を差し入れた。四人の刑事も同時に行動を起こし、男をベッドの上に押さえつけた。押さえつけられながら、男はとり出した凶器の引き金を引いた。ペーター・シュトロゼックがその武器をもぎ取ったが、それより一瞬早く、発射された何かが、カール・シュワンツの顔に命中した。それは青いインクだった。ペーター・シュトロゼックがとりあげた武器は、日本製の水鉄砲だった。

「放せよ！」

レンが、ベッドに顔を押しつけられながらわめいた。

「おおかた俺が『ベルリン切り裂き魔』の犯人じゃないかってんだろう?! 冗談じゃないぜ！　おおい！　誰かきてくれ！」

カール・シュワンツが、レンの口を右手で塞《ふさ》いだ。倉庫中の仲間に起きてこられては面倒だ。

「手錠を塡めろ。この水鉄砲も証拠品だ。ほかに何か凶器の類いはないか調べてみろ」

ハインツ・ディックマンが、衣類の山を片端からひっくり返し、手短かに捜した。

「ないようですね」

「ふん、まあいい、どうせ凶器はすでにあがってるんだからな」

オラフ・オーストライヒが言った。カール・シュワンツは、レンの口を塞ぐ役をディックマンに譲り、ポケットからハンカチを出して、顔のインクを拭いた。

4

いったいどこから洩れたのか、その日の夕刊各紙の一面を、「ベルリン切り裂き魔、逮捕！」という大活字が飾った。テレビもラジオも争って特集を組み、西ドイツ中が快《かい》哉《さい》を叫んだ。しかし当のレン・ホルツァーは、取調室で黙秘を続けていた。犯行を否認し、切り取った腸など送りつけてはいないと言っただけで、あとはまったくといってよいほどしゃべらなかった。

風紀課のクラウス・エンゲルモーアも、ひと目レンを見ると、この男にまず間違いないと証言した。九月二十四日夜から、二十六日の朝にかけてのアリバイもレンは持たなかったから、容疑は決定的と思われた。誰の目にも、このパンクボーイは犯人像にぴたりだった。

八日、九日と日が経つにつれ、マスコミはますますレン・ホルツァーを確定的とみなして報道しはじめ、警察もあえて否定はしなかった。警察自身も、彼を犯人と確信していたからだ。

レン・ホルツァーの写真は、ベルリンや西ドイツばかりでなく全ヨーロッパにあふれ、人々はパンクボーイの怖ろしさに身震いした。これによって各国の青少年教育委員会はいろめきたち、不良青少年の撲滅に、いよいよ本腰を入れるようになった。

レンを犯人としたテレビ番組が各国で作られはじめ、逮捕後一週間もすると、レン・ホルツァー犯人説は動かしがたい事実として、ヨーロッパ大衆のイメージに定着した。パンクボーイふうのファッションは彼ら自身にとって危険なものとなり、彼らは襲撃の危険を避けるため、急いで革ジャンを脱ぎはじめ、髪を伸ばしはじめた。

しかしただ一点だけ、レン・ホルツァー犯人説には都合の悪い事実があった。彼がユダヤ人ではなかったことである。レンは人種的にはれっきとしたドイツ人だった。ではベルリーナ・バンクの壁に書かれていた、「ユダヤ人は、みだりに非難を受ける筋合いはない」のあの落書きは、いったいどうした理由からなのか。

レンはこれについても何も語ろうとはせず、

「そんな落書きを書いた憶えはない」

と小声でつぶやいただけだった。イギリスの切り裂きジャック事件について質《ただ》しても、首を横に振るばかりで何も応えない。知っているとも知らないとも言わない。百年を隔てた事件の類似性の理由は、レンを訊問する限りでは何も解らなかった。

「諸君、残るは立証だ」

レオナルド・ビンター主任は捜査会議で言って、机を叩いた。

「現状では、やつの殺人罪の立証は少々むずかしい」

「そうでしょうか」

カール・シュワンツが言った。

「風紀課のクラウス・エンゲルモーアとモニカ・フォンフェルトン両巡査が、いわば現場に居合わせたわけです。モニカは今のところ動けませんが、レンの写真を見せた限りでは、暗かったので確証は持てないが、この男のようだったと言っています。

クラウス・エンゲルモーア巡査は、現場から全力で逃走中のレン・ホルツァーをしばらく追って走ったわけですし、被害者のメアリー・ヴェクターが、その時殺されたばかりであったことは明白です。どんなヘソ曲がりも、レン・ホルツァー以外の人間がやったと言えるはずはないです」

「まあそうだが」

と主任は言う。

「モニカにも確証はない。クラウスにもはたして、その逃走中の男がレン当人だと断言できるかだ。暗い深夜、しかも霧の中だし、おまけに五十メートルも後方から後ろ姿を見ているだけだ。犯人とおぼしきこの男は、逃走中一度も後ろを振り返ってはいない」

「しかしやつは水鉄砲を所有していました」

オラフ・オーストライヒが言った。

「しかも青インクが入っていた。水鉄砲に青インクを入れる者などほかにはいません。

そして発射された青インクが、殺された娼婦にかけられているものと同一であると、鑑識の方から分析結果が出ています」

「そうだが、これは凶器じゃない。水鉄砲で青インクをかけたところで人は死にやしない」

「だがこれで油断させておき、咽喉を掻き切ったことは明白です」

「状況証拠だ。確証じゃない」

「二十五日未明、ポツダム通り付近をうろつくレンを見た娼婦がいます」

「状況証拠だ。殺しの現場を見ているわけじゃない」

「主任、しかしではどうなさるんですか？　主任は、レン以外に犯人がいるとお考えですか？」

「もちろん考えないさ。犯人はレン・ホルツァー以外にない。どうやってそれを立証するかだ。もう昔とは違う。絞めあげて自白させるというわけにもいかない」

「それにもう、世間はレンが犯人ということを、既成の事実として受けとめています。今さらこの男が犯人じゃないから釈放すると言ったら、暴動が起きますよ」

カール・シュワンツが言う。

「その通り。それに警察の面子《メンツ》は丸つぶれです。これだけ大きな事件になってしまって、いってみれば世界中がレン・ホルツァーの死刑確定、そして執行を待っているんです。この男を逃がしたら、ベルリン警察は世界中からもの笑いのタネですよ」

オラフも言う。

「もの笑いのタネに暴動か、ふん！　だから俺としても焦っているんだ。しかしこっちの持ち駒が今のままじゃ、裁判は長びくぞ。これほどの大事件だ、弁護士も名をあげるチャンスだ。優秀な弁護士が向こうにつけば、この証拠状況ではこっちが負けかねん。フットボールの試合みたいに、裁判が世界中に実況中継されかねない情勢だ、そんなことにでもなれば、われわれは赤っ恥もいいところだ」

「ですが主任」ペーター・シュトロゼックが言いだす。

「材料はそればかりじゃありません。あのレン・ホルツァーという青年は、ハンブルクで娼婦をやっていた母親から生まれています。しかも、殺人事件とともに出生しているんです。母親が自室で何者かに惨殺されておりまして、しかもその死体は、今回彼が五人の娼婦に対して行なったような外科的解剖を施されておりました。腹と子宮が切り開かれて、まだ子宮内にいた彼が、母親の死体のそばにとり出されていたんです。こういう彼自身の出生の秘密は、彼の感受性の底辺に、多大な影響を落としていると考えられます。それが、今回のこの事件の遠因として作用している可能性はある」

「それは裁判に使えるだろう。しかしそれは弁護士も同様だ。弁護人がうまく料理してセンチメンタルな弁論を一席ぶてば、世間と裁判官の同情もひけるというものだ」

「主任、慎重になるのは解りますが……」

「何故俺がこれほど慎重になっているか、わけを知りたいかね？　それは青インクだ。

あの青インクは、二十五日未明に殺された娼婦にしかかけられていない。二十六日の被害者は、ナイフの傷だけなんだ。雨のせいじゃない。いくら雨で洗い流されたといっても、一度インクをかけられていたら、それは解るものさ。二十六日の被害者には、顔にインクをかけられた形跡がなかった」

「いや主任、二日にわたって完全に同じやり方、同じ段どりで殺人を行なうとは限らないでしょう。殺したという事実こそが重要であって……」

「待てオラフ、俺が言いたいのはそれだけじゃない。さっき、二十五日にレン・ホルツァーを見かけたという娼婦が名乗り出てきた」

「それが？」

オラフ・オーストライヒが言った。

「けっこうじゃないですか？　目撃者が多いのは歓迎だ」

「それがけっこうじゃない。その娼婦はクリス・ユンゲルという女だが、彼女もレン・ホルツァーに青インクをかけられたというんだ。顔にな」

「青インクを？」

「そうだ」

「それで、生きているんですか？」

「ピンピンしている。水鉄砲でただインクをかけただけで、やつはすたこら逃げていったと、こう言うんだ」

「レンが？」

「そうだ」

「青インクをかけただけ？」

「そうだ。しかも彼女の話では、ほかにも青インクをかけられただけで、危害はいっさい加えられていない娼婦が何人もいるらしい。こいつは大問題だ。いや、だからレンは犯人ではないと、俺はそんなことを言ってるんじゃない。何故レンのやつは、クリス・ユンゲルはインクだけで勘弁し、メアリー・ヴェクターとアン・ラスカル、マーガレット・バクスターは殺したのか、そこが問題だ。だがとにかくレンを弁護しようとする者には、この事実は有利に働きかねない」

「ドイツ名だからではないですか？　クリス・ユンゲルはドイツ名だ。しかし、殺された五人はすべて英国名ですよ」

「ああそうかもしれん。では何故イギリス名の娼婦ばかり殺すんだ？　この点は、誰にも納得のいく説明をしなくてはならん」

「結局当人の自白を待つほかないということですか？」

「まあそうだが、しかし世間やマスコミはのんびり自白を待ってはくれんだろう。俺は苦労性なのかもしれんが、どうにもまだ安心ができん」

しかし事態は容赦なく進展し、やがて車椅子に乗せられたモニカが、レンの顔を見に署にやってきた。彼ですと、マジックミラー越しに不安げに肯定するモニカの証言だけを頼りに、レン・ホルツァーは黙秘したまま送検された。

5

十月十三日、モニカ・フォンフェルトンは退院を許され、一人リンク街のアパートに戻ってきた。カール・シュワンツが時々やってきて掃除をしてくれていたらしく、部屋は案外小綺麗な印象だった。松葉杖を壁にたてかけ、カーテンを開けると、十月の午後の柔らかな陽ざしが居間に落ち、カナリアがいっせいにさえずりを開始して、モニカの帰宅を歓迎した。

二羽のカナリアは無事だった。モニカは籠を覗き込み、餌が充分あるのを確かめると、入口を開けて左手を挿《さ》し入れ、水入れをとり出した。それから鈍い銀色に輝く松葉杖を右脇の下にはさみ、水をこぼさないようにそろそろと歩いた。

冷蔵庫から飲料水のポリエチレン瓶を出し、水入れの汚れた水を流しにあけてから、注いだ。そして水入れをまた左手に持ち、松葉杖を使いながら籠のところまでことことと戻った。たったこれだけのことが、信じがたいほどの苦行だった。先月まで、こんな作業を自分は風のようにこなしていたと思うと、悔しさと悲しさで胸がしめつけられた。

水入れを籠に戻し、それからカナリアを右手に載せた。鳥は飼い主を憶えており、躊《ちゅう》躇《ちょ》なくぽんと指に載ってきた。籠の外に出し、くちばしに唇を近づけた。すると鳥は、尖ったくちばしで二度三度モニカの唇をつついた。

「もう永久に走れなくなっちゃったわ」

モニカは小さく、声に出してつぶやいた。

医者がそう言ったわけではない。ただ、片足は不自由になるだろうと言ったのだ。だがモニカは自分で解っている。松葉杖はいずれ卒業できるかもしれないが、もう以前のように駈けだすことはたぶんできない。自分の体のことは、やはり自分が一番よく解る。すると、瞼に涙が湧く。みるみるあふれ、頬に滑り落ちていく。あとからあとから、涙は湧いてくる。

カナリアを籠に戻した。そして入口を閉め、ハンカチをとり出して涙を拭いた。

窓のそばへ寄り、ガラス窓を押し開いて、通りを見降ろした。石畳の通りが見える。プラタナスの並木は、ほとんど葉を落としている。風がずいぶんと冷たくなった。もうすぐ冬だ。石の上に舞い散った枯葉が、あちらこちらで、ぴくりぴくりとうごめいている。

子供が二人、駈けだしていく。ほかには人っ子一人いない。ひっそりとした裏通り。黄色い壁の家、ピンクの壁の家、そして煉瓦色の壁の建物、それぞれに行儀よく並んだ正方形の窓のガラスには、地面の落葉が映っている。

走っていく子供は、角を曲がって姿を消す。するとその角から、入れ替わりに老人が姿を現わした。灰色の重そうなコートを着ている。ゆっくりとこちらへ向かって歩いてくると、立ち停まった。内ポケットから封筒を出し、ラッパの絵が描かれた黄色い箱型の郵便ポストに挿し入れている。

そんな様子を、モニカはぼんやりと見ていた。するとまた、意味もなく涙があふれた。恋人のカール・シュワンツのことを考える。すると九月二十五日、このすぐ近くのポツダム通りで娼婦殺しがあった日の明け方、夜明けの薄明りで見た彼の右手親指が、青インクで染まっていたのをふいに思い出した。

6

一大センセーションがついに起こったのは、十月の十四日だった。この日付けの新聞「ジャーマン・ポスト」が、朝刊に「犯人からの投稿」と称する手記を、一面のトップに掲載したのである。これは原文が英語だったとみえて、英文と、同意のドイツ文も併載している。次のようなものだ。

親愛なるお偉方《ボス》へ
警察《サツ》の旦那方はおれを捕まえたと思っているようだが、こいつはお笑いだ。おれは連日腹を抱えて笑っているんだぜ。警察の旦那方は大間違いをしでかしている。だってこのおれは、ここにこうしてピンピンして、大手を振ってベルリンの街を歩いているんだからな。

早いところ捕まえておくれよ。でなけりゃまたやるぜ。お縄を頂戴するまでやめないよ。

警察の旦那方なんざお粗末のきわみだ。おれがこういう手紙を何度も警察へ送ってるのに、ちっとも読もうとしもしないんだ。だから仕方なく、こうして新聞社の方に送ったってわけだ。

おれが切り取って送ったマーガレット・バクスターの腸の切れ端、確かに見ただろう？ それから壁の落書きもな。捕まえられるものなら捕まえてごらんよ。おれはニュルンベルガー通りのホルニヒ・ホテルの二〇七号に泊まっているよ。


あんたの親愛なる、ベルリン切り裂きジャック

当然ながら、ベルリン中が一大パニックに巻き込まれた。ホルニヒ・ホテルは、地元の者しか知らないようなごく小さなホテルだった。狭いロビーは報道関係者、作家、犯罪学者、そして野次馬と観光客でごった返した。現在ベルリンでは、「ベルリン切り裂き魔ツアー」という外国からの観光バスツアーが組まれている。このツアー客が、市内観光を後廻しにしてこの小さなホテルに押しかけたのだ。

フロントの老人は応対に汗だくになったが、二〇七号室の住人は昨日から外出していて、部屋にはいなかった。執拗《しつよう》な質問の結果、報道陣が得た回答をここに述べるなら、

二〇七号室の泊り客は、クリーン・ミステリと名乗る若いイギリス人で、十月八日より滞在している。身長は一メートル八十センチくらい、髪も目も黒、肌はやや浅黒い印象で、東洋系の血が入っているようにも見えたとフロントマンは証言する。連れはなく、行動は始終一人で、バーでもレストランでも、目にした限りはすべて一人でおり、誰かと会っていた様子はなかった。

記者連中に、十月十四日の「ジャーマン・ポスト」の一面を突きつけられたホテルマンは、言われてみれば確かに、歩き方にも物腰にも、そして目つきにも、奇妙に暗い、犯罪者めいた様子があったと語る。どういうところかとさらに問われると、一種思いつめたふうの様子があり、態度が決然としていた。あまり笑う様子がなく、いつも深く考え込んでおり、動作はきびきびしていた。

これらホテルマンの証言は、さっそく文章化され、翌朝刊のトップ記事となるべく電話で本社に送られた。

そうしているところへカール・シュワンツやペーター・シュトロゼック、オラフ・オーストライヒなどが駈けつけ、フロントマンは、もう一度刑事たちに同じことを繰り返さなくてはならなかった。

ロビーの一隅で刑事たちは会話する。

「どう思うシュトロゼック、シュワンツ、二〇七号室の住人が、本当に切り裂きジャックだと思うか？」

オラフが問う。

「あり得んさ！」

シュトロゼックが即座に応える。

「五人の娼婦殺しの犯人は、レン・ホルツァーで決まりだ。どう考えてもそれ以外にあり得ない。ここの泊り客は、何ごとか画策しているだけだろう」

「何を画策してるんだ？」

「それは解らない。レンからわれわれの注意をそらそうとしているのかもしれん。そしてレンを救おうと考えているやつかもしれんな」

「そうだ。万一真犯人だとしたら、こんなふうに居場所をわざわざ名乗ってくるはずもない、こいつは死刑事案だぞ」

「その通りだ。ではわれわれが、こんな道化の画策に踊らされているわけにはいかない」

「だが、このままにしてはおけないだろう？　二〇七号室の人間を捕まえて、とっちめてやる必要はある。何を考えてこんな馬鹿げたことをやったのかを質《ただ》す必要がある」

「もう帰ってはこないだろう。これだけ騒ぎが大きくなってるんだ」

「部屋代はどうなってる？」

「今夜の分まで払ってあるそうだ」

「パスポートや身分証明の類いは？」

「こんな小さなホテルだからな、チェックインの時、いちいちパスポート等の提出は求めないそうだ」

「ではクリーン・ミステリというのは、本人が宿帳に記入した名前か？」

「そうだ」

「偽名くさいな」

「うん」

「荷物は？」

「トランクがまだ部屋にあるらしい」

「じゃあ今夜あたりこっそり戻ってきて、さっさと夜逃げするかもしれんな」

「その可能性は高いだろう」

「あるいは荷物など放りだして夜逃げするかな？」

「いや、けっこう貴重品が入っているふうらしい。荷物だけはとりに戻るのじゃないかな。あるいは人を使うかもしれんが」

「じゃあこうしないか、そのトランクに、小型の電波発信機を取りつける。最近、科捜研が開発したMW－47というのがあるだろう？　手のひらに入るというやつだ。これをトランクに仕掛けておけば、動きだしたらすぐ解る。半径二十キロ以内なら追跡が可能だ。逃げだしたら追っていって捕らえたらいい」

「うん、まあ、それでいいだろうな。わざわざ張り込んでおくほどのこともあるまい。

じゃあ今電話して、ＭＷ―47をこっちへとり寄せよう」

その時、ブン屋連中がインタビューを求めて押し寄せたので、刑事たちは急いで解散した。電波発信機は、百年前のロンドンにはなかった機械である。

ＭＷ―47からの電波受信機が、ホルニヒ・ホテルのトランクの移動をとらえたのは、その夜の十時半のことであった。受信機をセットした二台のポリスカーに、カール・シュワンツとペーター・シュトロゼック、オラフ・オーストライヒとハインツ・ディックマンがそれぞれ分乗して、追跡を開始した。

二台それぞれの受信機から、電波発信機の方角が解る。二台が示す方角のクロスする場所が、発信機の位置である。このため二台のポリスカーはできるだけ離れた道を走り、互いに無線で密に連絡をとり合う。

トランクはどうやらツォー駅のそばを通り、郊外の黒い森の方へ行くらしい。奇妙だなと刑事たちは思う。そちらの方角には森以外何もないからだ。空港か駅へ向かうのが妥当のはずだが。

いずれにしてもトランクの持ち主がそうした交通機関に頼らないなら、もはや袋の鼠だ。西ベルリンは、周囲を延べ二百キロの壁で延々と囲まれた、塀の中の街なのである。逃げようがない。それで四人は、やや追跡を楽しむ気分になり、急いで追いつめることをしなかった。送信機が捨てられない限り、遅かれ早かれ追いつけるのである。

タクシーだろうか。トランクの移動速度は比較的速い。ホルニヒ・ホテルに、殺人課から電話をかけさせてみる。すると、二〇七号室の住人は確かにホテルをチェックアウトしたという。

何者なのか。何をたくらんでいるのか。クリーンなるイギリス人の考えていることは、四人の刑事には理解が及ばない。このクリーンなる人物が、事実「ジャーマン・ポスト」に犯行を宣言するような手紙を出した当人なのだろうか。何のために？　しかしそれもこれも、捕らえてみれば解ることだ。

「シュトロゼック、トランクが停まった！　五キロ先の森の中だ。そっちも停まっているか？　どうぞ」

オラフの声が無線でとび込んでくる。

「こっちも停まった」

ペーター・シュトロゼックが応える。

「あのあたり、何がある？　解るか？」

「古いレストランだ。『ケーニッヒ』といったと思う。店に入ったんだろうな」

「何をする気かな」

「食事をして、一杯やる気じゃないか？」

「よし、じゃ『ケーニッヒ』で逮捕するか？」

「ＯＫ、そうしよう」

「了解」

二台のポリスカーは、それぞれスピードをあげ、別々の道から、黒い森に走り込む。民家の窓明りの連なりが、ふいと消え、周囲はただ暗がりとなった。ヘッドライトの光芒が白く長く、闇の彼方へと伸びる。

細い光の帯の内に、ちらちらと光るものがある。おや、とカール・シュワンツが思うまもなく、ぽつりぽつりと細かな水滴がフロントウィンドゥに降りかかった。霧雨がきた。

うっそうとした森が、たちまち靄《もや》に沈みはじめた。靄は霧に変わり、雨は次第に本降りになってくる。ワイパーを作動させる。無音の森の中だから、雨のしぶく音が、エンジン音に勝って聞こえはじめた。森の道が右に左にうねると、ヘッドライトの光線は白い剣のように伸び、右に左に霧が充たす夜を薙《な》ぎ払う。

切り裂き魔のいる森――か。カール・シュワンツはふとそんな言葉をつぶやいてみる。森にしぶく雨の音。屋根を叩く雨粒。なんだか九月二十六日未明に似てきた。

黒い森の中にぽつんと、「ケーニッヒ」の明りがともる。次第に近づいてくる。オラフたちの車はまだのようだ。と思うまに、正面の闇に彼らのものらしいヘッドライトが浮かび、近づいてきた。

「タクシーがいないな、返したかな？」

オラフの声がとび込んでくる。

「すぐ踏み込むか？」

「それがいい」

二台の車は五メートルばかりの距離をおいて停まり、四人は雨の中にとび出して、ケーニッヒのドアに駈け寄った。ドアに塡められた黄色い厚ガラスから、店内の明りと、もの淋しげなチャールストンの調べが、表の木立ちの間にまで流れ出ていた。

オラフがドアを開けた。店内はがらんとして、客たちの話し声もなく、表の雨の音だけがフロアを充たしている。店主らしい初老の人物が、テーブルの白いクロスを次々にとっては小脇にはさみ、椅子を逆さにしてテーブルに載せているところだった。

「遠いところをようこそ、しかし今夜はもう店仕舞いですよ」

頰に笑みを浮かべて彼は言った。

「たった今ここに、このくらいのグレーのトランクを持った男が来たはずだが」

オラフが言う。

「ああ来ましたよ、ちょっと変わったイギリス人ね」

彼の声は、がらんとした店内に虚《うつ》ろに響く。

「どうしてイギリス人だと解りました？」

「英語しかしゃべらなかったし、ブリティッシュ・イングリッシュだったからね。若い頃私はイギリスに長くいたんでね、間違えることはない。あれは間違いなくイギリス人だ」

「どこです？　彼は」

「ビールだけ飲んで、すぐに出ていったよ」

「どこへ？」

「そんなことは、私には解りませんよ」

そこへ、ハインツ・ディックマンがとび込んできて言う。

「トランクがまた動いている。街の方へ戻ってるぞ！」

四人は再び雨の中へ駈けだすと、車に戻った。

雨は勢いを増し、降り続いている。この雨の中を、イギリスから来た切り裂きジャックは、ベルリンの街へ戻っているらしい。かなりのスピードだ。追跡を勘づかれたのだろうか、そう刑事たちは考え、車の速度をあげる。

「あんまり車で追い廻すのはやめよう。事故が起こる危険がある。そうなったらマスコミがうるさいぞ」

「雨の中のカーチェイスってのは、あんまりゾッとしないな」

オラフとペーターが無線で会話する。

「極力車から降りたところを捕らえよう。注意しろ、タクシーの運転手にも危害を加えられかねない」

「了解。あまり接近するのはやめておこう」

雨脚が勢いを増す中、二台のポリスカーはベルリンの市街に戻った。

「トランクが停まった！」

　ペーター・シュトロゼックが叫んだ。

「本当だ、こっちも停まった」

　カールも言う。

「北だ。署に近いぞ。シュミット街の方角だ」

「おいペーター」

　オラフの声が言う。

「こっちからは北東だ。確かに署のあるシュミット街の方角だな、もう少し北へ廻り込む。そうすれば、交差地点《クロスポイント》がもう少し明瞭になる」

「了解、こっちも速度を下げて北上し、慎重に接近する」

「了解」

　二台のパトカーが、動きの停まったスポットをはさみ討ちにするように大きく散開し、ゆっくりと近づいていく。すると、実に奇妙な事実に気づいた。

「おいオラフ、ますます俺たちの職場に近づくぞ、妙だな」

「ペーター、今どこだ？」

「今トランクの真南にいる。このまま北上するとベルリン署だ」

「こっちはトランクの真西にいる。このまま東へ向かうとベルリン署だ。いったいどうなっている？」

「署の隣りの建物かもしれん」

「じっとしてればよかったということか？」

「どうもそうらしい」

ベルリン署に近づくにつれ、トランクに忍び込ませた発信機からの電波が強くなる。ベルリン署のいかめしい建物が、雨の中に見えてきた。シュトロゼックはそのまま北上し、署を通りすぎてみる。すると電波源が背後になった。明らかに通り越したのだ。

オラフの乗った車にも、同じ現象が起こっていた。西から東へ向け、署の前を通り越すと、電波源が背後になる。すなわち署か、署を含む南北のライン上のどこかに、トランクは存在する。

一方、シュトロゼックの受信機によれば、署を含む東西のライン上にしかトランクはあり得ない。そうなら両者を統合する結論はただひとつ、トランクは今、ベルリン署内に存在する。

署の中庭駐車場に、四人の刑事の乗った二台の車が、隣り合って停車した。窓越しに、四人の刑事たちは首をかしげ合った。

ドアを開け、小雨の中に出た。受信機は、相変わらずトランクが署の建物内部にあることを示し続けている。

オラフ・オーストライヒを先頭に、ペーター・シュトロゼック、カール・シュワンツ、ハインツ・ディックマンが駐車場に面した裏口から署内部に入った。長い廊下を行き、正面玄関の入りがけにあるロビーにまで達した時、四人の刑事はそこに奇妙な人物を見た。

　がらんとしたロビーのベンチソファに、道化が一人、腰をかけていた。頭には黒いシルクハットをかぶり、帽子の周囲からはみ出した髪は、ほぼ銀髪だった。白髪に混じり、ごくわずかにだが、まだ黒さを留める髪がかろうじて存在した。

　鼻の下にも、顎にも、頬にもひげは生えている。このひげの色も頭髪と同様だったから、すなわち顔は、七分三分で銀色が勝った毛の中に埋もれているといった印象だった。大きな道化じみた丸い目が、かろうじて覗いた顔の上半分にあって、こっちを睨みすえている。足もとの床には、グレーのトランクが置かれていた。

　初老の男は、刑事四人の姿を見かけると、バネ仕掛けのようにソファからとびあがった。そして右手を前方に伸ばしながら、四人の方に近づいてくる。いやに恰幅《かっぷく》のよい、胴まわりの太い男だった。

　それで四人は、ようやく老人のいでたちの全景を、一望のもとに見ることができた。そして目を見張った。シルクハットに合わせてか、老人はフロックコートらしきものを着用しているのだが、そのコートは、徹夜明けの者の目をもぱっちりと覚まさせるような、夜目にも鮮やかな真紅だった。その下に穿《は》いているズボンは灰色で、黒い縦縞が入っていた。靴は案外おとなしく、ただの茶色だった。よく磨かれてはいたが、全体に雨の水滴がついていた。

「いやあようこそ！」

と赤いフロックコートの老人は元気よく言った。自失したペーター・シュトロゼックが思わずその右手を握り返すと、彼は天まで届くような大声で、続くこんな言葉を英語でわめいた。ようこそという挨拶はしかし、よく考えてみればあべこべだった。ここは刑事四人の職場である。

「あなたのお名前は解りますぞ、お会いしたかったんだ。あなたはベルリン署の殺人課きっての切れ者刑事、オラフ・オーストライヒ氏！」

「ペーター・シュトロゼックです」

シュトロゼックは、ごく短く自己紹介した。

「これは失礼！　ではあなただ、オーストライヒ氏は」

「カール・シュワンツといいますがね」

「こりゃあしまった、では……」

「われわれの名前なんかいいでしょう！」

本物のオーストライヒがいらいらして言った。型破りのいでたちと言動のイギリス人は、しかし自らの挫折にもいっこうに落ち込む様子はなく、

「名前なんてものには、実際のところ大した意味はない。真に重要なのは、各人がその人生において何を為したかです。さいわいみなさん英語が堪能のご様子だから、私としては大いに助かります。何しろ私ときたら、ドイツ語は読み書きくらいは何とかやれる

が、おしゃべりとなるとからっきしでしてな、まるで猿の檻《おり》に放り込まれた犬のようなありさまです。いくらわんわん吠えても、周囲にちっとも通じない」

　そう言って奇怪な老人は、大声で笑う。

「あんたのおっしゃる通りだ。あなたが、あなたの人生で何をしたのかを、われわれは知りたい。先月末、あんたは五人の娼婦を殺したのかどうか、われわれが最も興味のあるのはその点です」

　オラフ・オーストライヒが、盛大なドイツ語訛りの英語でまくしたてた。老人は、するとどうしたことか、目を丸く見開く。驚いたのだろうか。

「それはつまり、私が五人の娼婦を……？」

「そうだ、殺したのかどうかを知りたいんだ！　ベルリン署きっての切れ者刑事としては、あんたが犯人かどうか、ベルリン切り裂き魔当人かどうかを知りたいんだ。さあ、どうなんだね?!」

　すると老人はばつが悪そうに下を向いた。

「するとあなたはつまり、この私が今回の切り裂き魔事件の犯人か否か……」

「ああそうだ！　早く答えを聞かせて欲しい」

　オラフはいらいらして言った。

「そのおっしゃり方は、少々厳密ではないです」

「何が厳密ではないんだ?!」

オラフは、今にも地団太を踏みそうだった。

「私が娼婦殺しの犯人かなど……」

「あんたは『ジャーマン・ポスト』に、自分がベルリンの切り裂きジャックだと名乗って投稿しなかったかね？」

ペーター・シュトロゼックもまた、いらいらして叫ぶ。

「それで疑うなと言われるのか?! あんたは！」

「私は五人の娼婦など殺しちゃおりません」

イギリス人は言った。

「何だって?!」

「じゃ何であんな投書をしたんだね?! いたずらじゃすまんよ」

「私は犯人じゃない、ないが、あんた方に犯人をお教えすることができるんですよ。それで充分でしょう？ あんた方にとっても、別に私が犯人である必要はないでしょう？ 犯人が誰か解って、それを捕まえられりゃそれでいいんだ。違いますか？」

「犯人が誰かなど教えてもらう必要はない。もう解っているからね」

すると老人は舌を一度鳴らし、白い口ひげの前で人差し指を左右に振った。

「ちっ、ちっ、ちっ、ちっ。それが違う。その犯人の名はレン・ホルツァー。え？ そうでしょう？ それが違うんだ。あんた方、大間違いをしておられるよ。私が早く来ないと、あんた方、赤っ恥をかくところだったんだ。まあもうすぐあんた方、私に感謝のキスをしたくなるよ、請け合うね私は。だが私は今からお断わりしておきますよ、私はキスは苦手なんでね」

「頼まれたってキスなんかせんさ！」

オラフ・オーストライヒがついに腹をたてた。

「あんたもどうせ自分の推理を披露したくてここへやってきた売名家だろう？　まさかわれわれに会いたくて、犯人の名を騙《かた》って新聞に投書するなんて大それたいたずらをやったって言いだすんじゃないだろうね。ええ？」

「それは致し方ないんだ。あんた方、いくら私がここへ手紙を書いて、事件の謎をお教えするから会ってくれと訴えても、全然なしのつぶてだ。何度ここへやってきても、毎回門前払い。ああするよりほか方法がなかったんでね」

「ははあ！」

カールが気づいた。

「あんたあのイギリス人だな？　切り裂きジャック研究家だっていう」

「ご名答！　いやこれはありがたい、憶えていてくれる人がいたとはね！　ということはみなさん、私の手紙一応読んでくれてはいるんですな？」

「読んではいるが、会う気にゃなれませんでしたな！」

オラフが毒づいた。

「それであんた、われわれと会って事件の推理を語ろうと思って……」

「推理ではない。事実をです」

「どちらでもわれわれには大差ない。とにかく事件の謎解きをわれわれに聞いてもらいたくて、そんなサンタクロースみたいな格好をしてわざわざここへ来たわけですか。われわれをさんざんあちこちひっぱり廻して、その上……」

「サンタクロース?!」

老人はびっくりしたように言い、自慢のいでたちらしい全身を、ゆっくりと見降ろした。

「何ということを言われる!」

老人は腹をたてたらしかった。

「私が、あなた方に会うために、こうしてわざわざ正装をしてきたというのに、何という侮辱をなさるんだ?! 私は少し気分を害しましたぞ。もうホテルへ帰って休みましょうかな」

「どうぞ」

オラフが冷やかに言った。

「正面玄関は閉まっている、裏口からどうぞ。そうしていただいた方が、われわれもゆっくり休めるというもんです」

「いやいやいや、そうは問屋《とんや》が卸《おろ》しませんぞ。今夜という今夜は、私の考えをきちんと聞いていただかなくてはならん。そのためにこうして、タクシー代まで遣《つか》って出向いてきたんですからな」

オラフは天をいったん仰ぎ、それからうんざりした声を出した。

「いいでしょう、じゃそこへおすわりなさい。おいペーター、カール、すわれよ。じゃ聞いてあげますから話して下さい。まず断っておきますが、われわれは大変に忙しい。その上連日の激務で睡眠も充分とっていない。手短かにお願いしますよ」

四人はベンチソファ二台にゆっくり腰をおろし、初老の男ものろのろと腰をおろした。しかし彼は、おろしながらこんなことを言う。

「いやみなさん、私はまずレオナルド・ビンター捜査主任と話がしたい」

かっとして、オラフが再び立った。

「ほう！　ではわれわれ下っ端じゃ話ができんと、あんたはそう言われるんですな?!」

「いやいやそういうわけじゃない。気を悪くなさらんで下さい。私はあなた方の手間を省きたいだけなんです。あんた方私の話を聞いて、またあんた方が、主任にその話を伝えなくちゃならない。二度手間でしょう？　その無駄を省いてさしあげようというんです」

「われわれが主任に伝えたくなるような話なんでしょうな?!」

オラフが癇癪《かんしゃく》を起こして言う。

「ああ、そりゃもう保証します」

老人はすまして言う。

「なにしろ真相なんですからな」

オラフは、それでも思案するようにいっとき立ちつくしていたが、足音も荒く歩きだした。しかしふと思いつき、すぐに立ち停まる。初老の男を振り返る。

「名前なしじゃ主任にとり継ぐわけにもいきませんな、お名前は？」

「クリーン」

老人は応える。

「清潔《クリーン》な？　清潔《クリーン》などなたです？」

「ミステリ。いい名でしょう？　肩書はロンドン在住の、切り裂きジャック研究会、名誉顧問です」

オラフは、それでも何か言いたげにしばらく初老の男を睨みつけていたが、あきらめて前進を始めた。その背中へ、クリーンは遠慮がちにまた声をかける。

「あの……、刑事さん、もうひとつだけ」

とたんにオラフは、再び天井を睨み、それからゆっくりと初老の男を振り返った。その顔は、苦虫を嚙みつぶしたような表情になっている。

「何です」

「その、少々申しあげにくいが、私はその、すっかり腹が減ってしまいまして。先ほどレストランへ行ったんだが、食事はもう終わっておりまして、ビールしかありませんでしてな、いや空腹の上にビールで、すっかりいい気持ちになってしまいました。実は私は今、歌のひとつも歌いたいくらいに気分がいい。あれを知ってますか？　スコットランドの古い民謡で、『お馬よ、栗毛のシッポを巻け』」

「用件は何ですか?!」

「結論を述べるなら、何か食い物があると大変ありがたいんです。できましたらハンバーガーなどじゃなく、あれはもうロンドンで食い飽きていますからな、ジャーマンソーセージ、あれはいいですな！　私はドイツへ来るたび、あれを食べるのが楽しみです」

「われわれも夕食を食べちゃいないんだ、あんたのおかげで食いはぐれた！　まあ探しちゃみますがね、警察というところは、あんたのお国と同じでろくな食い物はない！」

捨てゼリフを残し、オラフ・オーストライヒは初老の男に背を向け、足音も高く歩きだした。オラフの姿が消えると、がらんとした廊下に、かすかにまだ雨の音が響いている。

7

「主任のレオナルド・ビンターです」

主任は一部逆立った頭髪をさかんに撫でつけながら、無愛想に言った。宿直室で仮眠中だったのを、オラフが起こしてきたのだ。ロビーは火の気がないので、会議室に場所を移していた。

「ま、そこいらにおかけ下さい」

しかし聞こえないのか、クリーンはいっこうに椅子にすわる様子はなく、主任に向かって突進した。そして強引に右手を握った。

「いやあ、お会いしたかった！　恋いこがれておりましたぞ、レオナルド・ビンター主任。あんまり年寄りを待たせるものじゃない」

「まるで百年も待っていたような言い草ですな、ミスター、あー……」

「クリーンです」

「主任、いやあなたはなかなかの詩人だ。さよう、あなたが今はからずも言われた通り、私はまさに百年もこの時を待っていたのです。時の宇宙の片隅で、膝を抱えてうずくまる子供のように、十九世紀末のロンドンを怯《おび》えさせたあの未曾有《みぞう》の大事件の真相が、白日のもとに晒《さら》される時を待っておったのです。私のこの忍耐は、言うなれば南米のあの作家が口にした、そう『百年の孤独』だ！　あの言葉こそがふさわしい」

「おかけ下さいと申しあげませんでしたか？　私は。クリーンさん、このさい率直に申しあげるが、私は機嫌がよくない。連日の心労で睡眠不足なんです。今も仮眠をとっておったところだ。つまらんおしゃべりにつき合わされるくらいなら、私は宿直室のベッドに戻りたい」

「ごもっともです。ではすわります」

「クリーンさん、ではもうひとつついでに言っておきますが、あなたは新聞に嘘八百の投書をされて、人心を攪乱《かくらん》された。わが国の法律は、これをいたずらと笑ってすませるほどに寛容ではありませんぞ」

「ああそうですか」

「これはゆゆしき犯罪行為だ、お国じゃあジョークで通るかしらんがね、わが国ではそうはいきません」

「まあそう堅苦しく考えることもないじゃありませんか。あの手紙のおかげでわれわれはこうして会えた」

「どうしてもわれわれに会いたいのなら、手紙を書けばよかったじゃないですか」

「七通書きました。八通目を、ちょっと気分を変えて新聞社へ送ったというだけです」

「それが困るんだ！　ここまで騒ぎが大きくなっちゃ、ただではすみませんぞ」

「解決しても？」

「なんと？」

「なあに、あの手のいたずらは世間に多いです。なんでしたら、あれはいたずらでしたともう一通手紙を書きます」

「訪ねてくればよかったじゃないですか」

「四回来ましたよ。すべて門前払いです」

「それでわれわれのスタッフをあちこちひっぱり廻したあげく……」

「この発信機はそちらへお返ししましょう。とにかくですな、事件を解決することが先決でしょう、われわれのおしゃべりよりも。このシルクハットもとってと……」

「まあよい、文句は後にして、とにかく話を聞きましょう。すべてはそれからだ。覚悟して話されることをお勧めしますぞ」

「いや、話を始める前に、まず風紀課のクラウス・エンゲルモーア巡査と話させて下さい」

ビンター主任は、無言でいっときクリーンを見つめた。

「クラウス？　何のためにですか」

心底うんざりした声を出し、主任は椅子の背もたれにそり返って、両手をだらりと脇に垂らした。

「いやなに、すぐすみます。二、三、確かめたいことがあるだけなんです」

「あんたね、それで犯人が解りませんでしたじゃあすまないよ。私もただじゃすませないよ」

「私はね、百年前の切り裂きジャックが誰かも知っておるんです。大丈夫ですよ」

クリーンは自信満々で請け合った。

「クラウスは今どうしてる？」

主任はオラフに尋ねる。

「今夜は遅番ですから、まだいるはずですが……」

「おお、ありがたい！」

「ちょっとここへ来るように呼んでくれ」

主任に言われ、オラフは廊下へ出ていった。会議室からは、室内電話がとりはずされていた。

「さあて、クラウスを呼んで、それでどうする気ですかな、クリーンさん。あなたは切り裂きジャックの研究家だと言われましたな」

「そうです」

クリーンは応え、頷く。

「研究書は、何冊も出されておられるのですかな？」

「いや、不幸にして、まだ書物は刊行しておりませんです」

「一冊も？」

「一冊もです」

「ほう」

主任は、やや軽蔑したように鼻を鳴らした。

「クラウスに何を訊くおつもりです？」

「ちょっとした手品《トリック》をやります」

サンタクロースのような初老の男は、おかしなことを言った。

「手品？　と、言われましたか？」

「さようです」

主任は苦笑しながら言う。

「どんな手品を？」

「手品は観るものです。説明するものではありません」

「何をタネに？」

「タネはこのガラス玉です」

クリーンと名乗ったサンタクロースふうの男は、真紅のフロックコートの内ポケットから、小指の先ほどの小さなガラス玉をとり出した。カール・シュワンツも、ハインツ・ディックマンも、無言で彼の顔とガラス玉を見つめた。

「クラウスが来ました」

細く開いたままになっていたドアを開け、オラフ・オーストライヒが戻ってきた。オラフの後に、クラウス・エンゲルモーアの大きな体が続いて会議室に入ってきた。

「何か？」

とクラウス・エンゲルモーア巡査は言った。

「クラウス、こちらは……」

とビンター主任が口を開こうとした。

「ロンドンより捜査の協力にやってまいりましたクリーンと申します」

クリーン・ミステリは立ちあがり、例のおどけた調子でクラウスに右手を差し出した。

けげんな表情で、クラウスはその手を握り返す。それから、さらなる解説を求めるように、レオナルド・ビンター主任の方を見た。

「こちらはクリーン・ミステリ氏と申されて、ロンドンの切り裂きジャック研究の権威でいらっしゃる。残念ながらまだ御著は刊行されていないようだがな。そして私は何ぶん勉強不足でお名前を存じあげなかったが、どうやら名探偵でもいらっしゃるらしい」

主任は思いつく限りの皮肉を込めて、英語で言った。

一方名探偵のクリーン氏は、ポアロのごとき丸い背中を二人の方に見せ、せいぜい名探偵のごとく背中で両手を組むと、うつむいて机の脇をうろうろと歩き廻っていた。何やら床の捜し物でもしている風情《ふぜい》である。と、突然くるりとクラウス巡査の方へ向き直ったので、観客一同の頭も、いっせいにのけぞった。

「さてクラウスさん、今もビンター主任と話しておったのですが、今回の狂気じみた事件の被害者である例の五人の女性、彼女たちの亡骸《なきがら》を、いつまでも霊安室に置いておくわけにもいきません。明朝牧師を呼んで、略式の葬儀を行なうことになったのです」

レオナルド・ビンター主任が、目を丸くして隣りのオラフ・オーストライヒ刑事を見た。二人に限らず刑事たちは、この初耳の事実に互いに顔を見合わせた。

「なにぶん霊安室も、トウキョウの電車みたいに混み合ってまいりました。クラウスさん、私の言葉、お解りですか？　なにぶん私、ドイツ語が苦手なもので」

「解ります」

クラウスは頷いた。

「ところが牧師のやつが、明日はスケジュールが手いっぱいで、早朝しか体があいていないとこう言うんです。そこで今から五人の女性の遺体をこの建物の一室に移し、朝まで安置しておこうという話になったのです。お解りですか？」

「はい」

「しかし五人の女性を、空き部屋に知らん顔で放っておくわけにもいかない……」

クリーンは言いながら、右手で小さいガラス玉を放りあげ、また受け止めるという仕草を延々と続けていた。クラウス・エンゲルモーア巡査は、ガラス玉の方を特に注目する様子もなかった。

「五人の女性の死体を、朝までガードするという仕事をやってくれる方を、今捜しているところです。いかがですか、クラウスさん。この仕事を志願なさる気はありませんかしら」

クラウス巡査は、露骨に当惑した表情を浮かべた。主任の方をちらと見てから、

「何故私に、そのような仕事を与えようと考えられたのかは存じませんが、主任もご承知の通り、私には妻子がありまして、こうしている今も私の帰りを待っております。先ほども女房から電話があったばかりで、すぐ帰ると返事をして、たった今も帰り仕たくをしておったようなありさまで、もしできることなら……」

クラウスはすまなそうに言って、口ごもった。

「あ、そうですか、それならけっこうです」

赤いフロックコートのクリーンは、いともあっさり言った。

「ではどうぞ、もうお帰りになってくださってけっこうですよ」

クラウスをはじめ、会議室の全員がぽかんとした。クラウスは狐につままれたような面持ちで、またちらと主任の方に一瞥《いちべつ》をくれてから、おずおずと部屋を出ていった。ゆっくりとドアが閉まる。

ビンター主任が、上目遣いにクリーンを睨みつけた。

「今のが手品？」

クリーンはまた両手を背後で組み、せかせかと部屋を歩き廻りはじめていた。こうなると他人の言葉などいっさい聞こえなくなる性分らしい。

「何か不思議な現象が起こったか？　諸君は見たか？」

主任は言い、刑事たちは全員首を左右に振った。

「何が手品だ！」

ついに主任の我慢も限界に達したようだった。

「もうこれ以上こんな茶番につき合う気はないぞ。私は忙しいんだ！　忙しい上に睡眠不足で頭痛もするんだ。赤い服を着たイギリス人を見かけてからこっち、ますますひどくなった！」

「主任」

赤い服のイギリス人が立ち停まり、主任の方に向き直った。

「何だ」

「どうやら雨も小降りになったようです。霊安室から五人の女性の遺体をここへ運んでくるには、だいたいどのくらいの時間がかかります？」

「何ですと?!」

主任の顔に血が昇った。

「ここに五人の被害者の遺体を運んでくるですと?!」

「ああいや、この部屋でなくともいいんです。駐車場からの裏口を入ってすぐ脇の部屋が空いていた。あそこでいい、いやむしろあそこの方がいいんです」

「何を勝手なことを言われる。五人の遺体はまだ埋葬する気はない！　大事な証拠品だ、部外者に勝手にそんなことを決められては困る！」

「事件が解決してもまだ霊安室の冷凍庫を占領させておくんですか？」

「事件が解決すりゃ、そりゃ埋葬しますよ。だがまだ……」

「今夜解決するんですよ、明日は葬儀を出してもよろしいでしょう」

「な……」

主任は言葉に詰まった。

「なんですと?!」

「今夜解決するんですよ、私の申しあげる通りにして下されば。では刑事さん方、もうおひきとり下さってかまいませんよ。あとはビンター主任と私の二人でやりますので。五人の遺体の入った五つの棺は、今夜から明日の朝まで、駐車場のある中庭から裏口を入ってすぐ右の部屋に安置します。明日の朝九時に、この近くのウンデル教会の方から牧師が来ますので、明朝遅れないように集まって下さい」

「ちょ、ちょっと待ってくれ！　五つの棺を私一人に運ばせるつもりか?!」

主任がわめいた。

「なに、私も手伝いますとも。どうしても必要ならこの署内にも人手はあるでしょう。さあ明日は朝が早いです。みなさん早く帰ってお休み下さい、ではごきげんよう。そうそうカール・シュワンツさん、恋人を見舞ってあげることをお忘れなく。主任、おりいって話があります。ちょっとこちらへ」

クリーンは主任に向かって手招きをする。

午前一時の時報を、署内のどこかの柱時計が告げていた。レオナルド・ビンター主任とクリーン・ミステリは、裏口を入ってすぐ右の部屋の床に棺を五つ置き、掃除用具入れの小部屋にスツールをふたつ持ち込んでかけていた。

掃除用具入れは、小部屋といっても、一メートル四方の床面積しか持たないクロゼットにすぎないから、大柄の男二人が中にすわると、ほとんどぴくりとも身動きがとれない。掃除用具は、すべて隣りの部屋へ放り込んである。表で、また雨のしぶく音が聞こえはじめた。

「いったい何の騒ぎなんですか、これは。私は……」

「頭痛がするから眠りたいんでしょう？　解っておりますとも。もう少々の辛抱ですよ。明日になればすっかり解放されます。もっとも別種の頭痛に悩まされるかもしれませんがな」

「何ですと？」

「いや何でもありません。それより主任、われわれは熱愛中のカップルのようにこうして密着しておるんですからな、こんなふうにささやき声で充分聞こえます。表も雨の音だけで静かですしな、それにそうしていただいた方が犯人逮捕上も有効です」

「犯人逮捕上ですと？」

ビンター主任もささやき声になって言う。

「当然でしょう？　そのためにこうして、窮屈な思いに堪えておるんです」

「こうしていると犯人が逮捕できると？」

「保証します。こうみえても私は、この種の経験は充分積んでおりまして、ある国の警察には、数限りなく協力しております。ま、その国でしたなら、捜査主任にお会いするまでに、今回のように苦労することもありませんでした」

「どこの国の捜査主任でも、会う早々、一緒にクロゼットの中に入ろうといわれれば、愛想も悪くなるでしょうな」

「それで事件が解決すれば、お安いご用というものじゃありませんか」

「わけを話していただきたい。私は生まれついて人がいいから、こうして思わずつき合ってしまったが、考えてみれば、いったい自分は何をやっておるんだろうという気になってきた。何故わけを話して下さらんのです？」

「それはもちろん時間がなかったことと、話を聞かせたくない人物が周《まわ》りにいたからです。もちろんわけは今話しますとも。この事件の驚くべき真相というものを、今解き明かしてごらんにいれます。

世に歴史は繰り返すと申しますが、今回のこの事件は、偶然にも百年前のわが国の有名な事件の投影図なのです。まさしく一卵性双生児と申せましょう。したがってこれからお目にかける解決は、おそらくは百年前の事件の解決でもあるのです。百年の間、誰一人として思いもよらなかった驚くべき真相解明を、今私が主任の目の前で行なってごらんにいれます」

「カンオケを五つ並べてですかな？」

「さよう。この雨の中を、百年の時の彼方から、真犯人が棺の蓋《ふた》を開けにくるのです」

「犯人が？　……捕り物になるというのに、われわれは二人だけですぞ。いいんですか？」

「そんなことはちっともかまわんのです」

「二人でいいと？」

「多すぎるくらいです」

「どうもあんたの言われることはよく解らん。では被害者が英国名の女性に限られているという謎も、綺麗《クリーン》に解いて下さるのですかな？」

「それこそが、この事件が百年前のロンドンの事件の因縁をひくものであるという証《あかし》です」

「はあはあ」

「今、ご説明しましょう。日本の旧式な便所に、汲み取り式というものがあった」

「はあ？」

「関係ないと思われるかしれんが、重要な説明です。用足し中、便器から下の落し壺《つぼ》の中に、ナイトクラブを経営するある婦人が、誤まってダイヤモンドの指輪を落としてしまった。婦人は真っ青になった。もしわれわれなら、自分のやった馬鹿げた過失、がっくりと落ち込みながらもあきらめるでしょう。しかし、婦人はそうしなかった。バキュームカーを雇い、少しずつ汚物を汲み出しては地面にぶちまけ、屈《かが》み込んで指輪を捜した。三日間、朝から晩までそんな作業を続けたのです。

当然近所から苦情がくる。自分の家の便所ならまだよかったのだが、レストランのお手洗だった。なにしろ昔のことなので、レストランにもこんな旧式の便所があったのです。しかし彼女は、ただひたすら周囲に頭を下げ続け、頑として作業をやめようとはしなかった。店主に泣きついてその便所は使用停止にしてもらい、最後には胸まですっぽりと入る巨大なゴム長靴をどこからか手に入れてきて、便器の下にある落し壺の中に入り、全身汚物まみれになってまで指輪を捜した。壺の中で身を屈めて這《は》い廻り、口や髪の中に汚物がとび込もうが何のそのという執念を見せたのです」

「ははあ……」

主任は感心して溜め息をついた。

「それで指輪は見つかったのですか？」

「いや、駄目だったのです」

「おやまあお気の毒に！　……で？　何がおっしゃりたいのです？」

「つまり女性にとって、宝石というあのちっちゃな石っころは、それほどにも大事なものだということです。それをまず解っていただきたかった。女性たちにとって自分の所有になるあの炭素の結晶体は、このように命よりも、名誉よりも大事なものなのです。そのことをしっかりと頭に入れていただけたなら、いよいよ本題のお話を始めましょう」

8

私の長年の研究によりますとね、イーストエンドのファッション・ストリートに、マリア・コロナーという、なかなか気だてのよい娘が住んでいたのです。年齢は二十一歳、真面目で、近所の主婦連中のうけもよい、それは感心な娘さんだった。年寄りの面倒はよく看《み》るし、誰かれの区別なく親切だった。近所の悪童連を集めて歌を歌って聴かせたり、昔話をしてやったりした。

彼女の家は当時ロンドンによくあった貧しい貸間長屋《テネメント・ハウス》の一室で、もうすっかり年老いた母親と二人暮らしだった。アル中だった父親は、十年ばかり前に救貧院のベッドで死んでいました。近所の小さな洋服仕立屋に勤め、個人的にも仕事をあちこちからとってきて、母娘二人の生計を何とか一人でたてていた。実にけなげな娘さんだったのです。そんな性格のよい、しかも美しい娘さんだったものだから、近所の男たちが騒がぬはずもなく、連日の花束攻めで、マリア・コロナーの狭い家は、花屋の店先のようになってしまうありさまです。椅子もテーブルも、仕立て中の洋服も、みんな花に埋まってしまって、マリアは、自分の洋裁箱を毎日花をかきわけて探さなくちゃならない。

言い寄る男は数多いが、マリアは誰にもなびく様子がなかったのです。彼女は二十一でまだ若かったし、それに自分の幸せのために、年老いた母親を放りだすような娘ではなかった。貸間はとても狭い。狭いけれど母親はもうそこに三十年以上住んでいて愛着があり、動く気にはなれないという。とてもではないがここに結婚した亭主を入れ、三人でなど暮らせない。

年寄りと同居する新婚生活をOKしてくれる男が仮にいたとしても、現実はそういうことです。結婚すれば、どうしても今の部屋は出ていかなくちゃならない。出ていけば母親の面倒看はおろそかになる、そういうこともあって、マリアは男たちの求愛を、決して受け入れようとはしなかったのです。

マリアのそんな様子で、彼女の隣近所の人気はますますうなぎ登りであります。何といっても彼女から毎日花のおすそ分けをもらうものだから、近所の家は部屋の花瓶にいける花にこと欠かない。花代が助かるというものです。それでさらにさらに感心な娘さんという評価になる。

もう長くそんな状態が続くので、男たちもあきらめ、周りもそのつもりでいたのだが、ここに異変が起こった。一八八八年の夏、ロバート・ツィンマーマンというユダヤ系の大変にいい男が、突然マリアの目の前に現われたのであります。

彼は大陸の鉱山で当てたとかで、大変羽振りがよかった。身なりもよく、財布も当然膨《ふく》らんでいた。こういう男が何故イーストエンドの安ホテルに泊まりにきたかははっきりしないのだが、テン・ベルズというパブで、ロバートが以前この付近に住んでいたことがあると洩《も》らすのを聞いた者がある。

この男がマリア・コロナーを見初《みそ》めたんですな。イーストエンドにあってマリア・コロナーは、まさしくはき溜めに鶴でしたから、当然といえば当然だった。連日贈り物を届けたり、洒落《しゃれ》たフランス語の文句を添えて、高価な花を届けさせたりした。

もともとロバートとマリアが出遭ったのは、彼が洋服を仕立てようとして、ホテルの者に彼女を紹介されたのがきっかけだった。そこで彼は贈り物に加え、一ダースも洋服の仕立てを注文し、すぐにできなければ、残りはフランスへ渡ってから作ればいいと言った。つまり彼は、結婚して、一緒にフランスへ渡ろうと彼女を誘ったのだった。フランスへ渡れば一戸建ての広い家もすでにあるし、シャンゼリゼに店を出してやることもできる。お母さんの老後も安心だ、贅沢をしたいならそれもいいし、真面目に働きたいなら職場を与えよう、そう彼は言ったのです。

マリアは、それでもしばらくは気持ちが動く様子はありませんでした。しかし次第に求婚を受け入れようかと思いはじめます。これが今まで自分が経験したこともない、桁《けた》はずれによい話であることが次第に感じられてきたからです。非常に近しい、信頼するに足る知人には、彼女はほんの少々自慢めかして、ロバート・ツィンマーマンから求婚されていることを話していたようです。

それも無理はないでしょうな。これまで彼女にあった話といえば、同じイーストエンドに住んでその日暮らしをしている男たちからの求婚ばかりで、その中でとびきりのものといっても、父親が大きな雑貨屋を経営しているとか、人より上等の貸間長屋に住んでいるとか、その程度のことだったわけですから。

彼女はロバートへの返事を保留にしておいて、どうやら年老いた母親を説得し続けていたのではないか。日夜母娘《おやこ》は話し合い、娘の方は母親の気が変わるのを待っていたと考えられます。実際、ほかに恋人でもいるというならともかく、こんないい話を棒に振るのは、少々頭がおかしいともいえる。ロンドン、イーストエンドのどん底暮らしから、パリでの上流階級の生活に一挙に昇格できるわけですからな。不安といえば、マリアはフランス語ができないということくらいですが、なに、そんなことはどうとでもなる。彼女はまだ若く、頭もよいのです。問題は母親だけでした。年とった母親を、イギリス国内というならともかく、言葉の違う外国へ連れ出すのは、いかにも酷なことでした。

さてこんなふうにして、ゆるやかに気持ちが傾きつつあったマリアなのですが、そこへある日突然、ツィンマーマンが訪ねてきます。そして、フランスの自分の鉱山で事故があり、労働者が大勢死んだ。それをきっかけに、労働者が暴動を起こしかけている。急いで自分は帰らなければならなくなった、そう告げます。一緒に来てくれないか、彼は一応そう要求しますが、そうしたくても母のことがあるからできないんだ、と彼女は応えます。しかし留守中きっと母親を説得しておくから、母がもしうんと言えば、私の方は異存はないんです、と彼女は事実上求婚を受け入れます。

ツィンマーマンは、それでは自分は行くが、仕事が片づき次第戻ってくる。それが嘘でない証に、これを君に預けよう、いずれ君のものだと言って、濃紺のビロードの小箱に入った、小指の先ほどの大きさの、裸の宝石を差し出します。

これは以前、フランスの鉱山開発の功績によって、フランス王室から感謝のしるしに授かったもので、自分が今最も大事にしているものだ。君への愛情の証に、これを君に預けようと言います。もともとは「エジプトの星」という名で、エジプトの王家に伝わっていた百八カラットのダイヤモンドだと、彼はマリアに説明しました。自分がロンドンに戻ってくるまで、しっかりとこれを預かっていてくれと要求します。

マリアは感激して頷きます。彼女としても、彼が自分のところに戻ってきてくれる証が欲しかったので、喜んで預かることを承諾します。ビロードの小箱をマリアはしっかり胸に抱きしめ、彼はフランスへと旅立っていきました。

彼の留守中のマリアは、以前より仕事に精を出して働きます。今や幸運の女神は彼女の上に微笑《ほほえ》んだのです。彼女のこれまでの頑張りを、神は見ていたということでしょうか。彼女は、国王に求愛を受けたも同然でした。彼は王ほどにも富を持っていましたから。母親さえフランス行きを承知してくれたら、これからはすべてがうまくいく、彼女はそう信じました。

ところで彼女の洋服の仕立ての注文は、近所の娼婦からのものも多かったのです。彼女が安く仕事を引き受けていたからです。それは当然でしょう、イーストエンドの貧しい家の主婦は、誰でもひとつ間違えば街に立つ危険があったのですから。ひと口に娼婦といっても、それには近所の主婦も大いに混じっていたのです。

さて、恋人がフランスに去っていって二日ばかりが経った八月三十日の夕刻、マリア・コロナーは、悲劇に巻き込まれることになります。彼女は八月いっぱいまでという約束で、ある女性に秋もののドレスを頼まれていました。約束通り彼女はこの仕事をやり終え、同じ町内にある彼女の家に届けにいったわけです。

しかし彼女は部屋にいなかった。そこで、いつもたいていそこで飲んだくれている、テン・ベルズというパブに行って探してみることにしたのです。八月というのにどんより曇った日で、今にも雨が落ちてきそうな夕刻でした。マリアはひと雨来るかなと覚悟しながら、傘を持ってテン・ベルズへ向かって歩いていきました。霧も少し出はじめていました。

一八八八年、ロンドン

1

パブ、テン・ベルズ前の舗道には、中の酔客たちのざわめきが洩《も》れていた。舗道の石畳の上には、店内の明りがぼんやりと落ちている。道に面した店の壁面が曇りガラスになっているので、店内の明りが道に射すのだ。

一八八八年八月三十日のまだ午後六時半だったが、店内はすでに客でいっぱいで、曇りガラスには、客たちの影が並んでいた。イーストエンドに寝起きする男たち、そして女たちが、やるせない今日一日のうさを、安酒で晴らそうとして集まっているのだ。

表に洩れてくる男たちの酔いの滲《にじ》んだ大声、そしてこれにからむ女たちのかん高い嬌声《きょうせい》に混じり、ぽつりぽつりと雨が石を叩く音が聞こえはじめた。舗道の敷石がみるみる黒ずみ、街の空気は冷えていく。ロンドン名物の通り雨がやってきた。ロンドンでは、一日のうち何度も雨が降ったりやんだりする。ロンドンの紳士たちが、連日こうもり傘を携行しているのはそのためだ。

雨音は次第に強くなる。石の壁をぴしりぴしりと打つ音、雨がガラスにかかるかすかな音、道に敷きつめた石の一面を叩く大きな音。本降りになった雨音は、意外に激しい。テン・ベルズを、雨脚がしぶく音が包む。水のしぶきで、道の表面には次第に白く靄《もや》がかかりはじめた。酔客たちのざわめきも、徐々に雨のしぶく音の中に沈み、上空からは霧が降《お》りはじめた。

テン・ベルズ前の石畳に、薄く水が溜まりはじめる。曇りガラスを通して、石の上に落ちる明りも滲む。イーストエンドは、隅々まで雨に黒く濡れた。

白く煙る雨の中を、黒いこうもり傘が近づいてくる。黒く長いスカートの裾を、右手でつまんでちょっとからげている。傘を持つ左手には、小さな荷物を持っている。荷物は紙でくるまれていた。

テン・ベルズの前までやってきた。並んだ窓から射す明りが、彼女の横顔を照らした。大きな青い瞳、小さく上向いた鼻、細く尖った顎《あご》、なかなか愛くるしい顔だちの娘だ。

彼女はテン・ベルズの前で立ち停まった。軒に身を寄せ、左手に持った荷物をかばうようにして、ゆっくりと傘をたたんだ。テン・ベルズのドアを、肩でもたれかかるようにして押し開け、中に入った。

店内に入れば、人々のざわめきが一段と増した。そして表の夜霧以上に白く、煙草の紫煙がたちこめていた。マリア・コロナーは入りぶちの床のところに、スカートに降りかかった雨をふるい落とした。それから帽子の上にも載っているはずの雨を、頭をかしげて落とした。たたんだ傘を壁にたてかけ、店内に、ドレスの依頼人の姿を求めて歩きだした。彼女の歩みにつれ、スカートから、まだ水滴がぽたぽたと垂れていた。

立ったままカウンターにもたれかかっている客たちは、ほとんどが男だった。大声で口々に冗談を言い合い、笑い合っている。雨が降りだす前から飲んでいるとみえ、彼らの洋服は濡れていない。

女性の姿が二人だけ見つかった。しかし彼女らは、マリアが探し求めるドレスの依頼人ではなかった。

マリアは店内を端から端まで歩き、めざす人物がいないのを確かめると、自分の傘のところまで戻ろうとした。あまり広くもない店内だから、少し歩けば、もうひとわたり店内を見渡せてしまう。尋ね人はここにはいなかった。とすれば、この雨の中、今も街のどこかに立っているのだろうか。

「ちょいとマドモアゼル」

女の声がした。カウンターの端にいた女が、そんなふうに声をかけてきた。マリアは自分のことなのかとは疑ったものの、女の真意をはかりかねて、立ちつくした。

立ちあがり、カウンターを離れて、女は一人よろよろとマリアの方に寄ってきた。だいぶ酔っているらしかった。足もとがおぼつかない。肌の色はやや浅黒いが、なかなか顔だちのよい女で、まだ若い。みんなからブラック・メアリーと呼ばれている売れっ子の売春婦だった。正式の名はメアリー・ジェーン・ケリー。マリアも、顔に見憶えはあった。

「どうしたんだい？　何か返事をおしよ、フランス語でさ！」

ブラック・メアリーは、さかんに酒臭い息を吐きかけながら、呂律《ろれつ》の廻らぬ口調で言った。

「私はこうみえてもね、フランス語は得意なのさ、あんたとおんなじでね」

マリアはようやく彼女の意図を理解した。自分がフランスで成功したお金持ちに求婚されたという噂が、このあたりの女たちの間にひろまっている。やっかんだブラック・メアリーが、自分にからんできているのだ。

そうと解ったマリアはとりあわず、雨の中に戻ろうと背を向けた。壁にたてかけた自分の傘をとったら、メアリーはすぐ背後にやってきていて、マリアの肩をぐいと摑《つか》んだ。

「ちょいと、お高くとまるんじゃないよ！　何とか言ったらどうなのさ、私のフランス語が聞こえないのかい？」

マリアは、救いを求めるように、カウンターで酒を飲んでいる男たちの方を見た。しかし彼らはお互いのたてる喧騒の内にいたので、こちらのささやかな異常に気づく者はなかった。

「ごめんなさい、私ちょっと人を探して急いでいるので……」

言って、マリアは行こうとした。

「人？　誰さ」

メアリーはけわしい声を出した。

「名前言ってごらんよ、居場所教えてやるからさ」

当初教える気はなかったのだが、同じ仕事仲間でもあることだし、二人が住んでいる場所も近いから、案外居場所を心得ているかもしれないとマリアは考え直した。

「キャサリン・エドウズさんよ」

マリアは応《こた》えた。

「キャサリン？　キャサリンを探しているのかい？」

ブラック・メアリーは悲鳴のような声をあげた。

「そうよ」

マリアは冷やかかに応じる。

「キャサリンをどうして？」

「ドレスを頼まれたんです」

「ドレスを？　キャサリンが?!　またなんでめかしこもうなんて思ったのか

ね、あの女、似合いもしないのにさ。どれ？　見せてよ、どんなドレスだい？」

「あ、困ります。濡れますから」

マリアはメアリーに背を向け、紙で丁寧に包装したドレスをかばった。

「ふん、ケチンボだね、減るもんでもないだろう！」

「あとでエドウズさんに見せてもらって下さい」

「ドレスを見せてくれないのなら、キャサリンの居場所も教えてやらないよ」

「居場所を知ってるんですか？」

「知ってるさ」

「どこです？」

「マイター・スクエアだよ。あいつ、仕事場を変えたんだ。案内してやるよ、どうせ私もこれから仕事に行くところだったんだ」

「外は雨なんですよ」

「じきやむわよ。あんたの傘に入れてってよ」

この飲んだくれの売春婦とひとつの傘に入って歩くのは不安だったのだが、マイター・スクエアといわれても位置がよく解らなかったので、マリアは結局メアリーと並んで雨の中に出た。

表の雨は、いっときよりは小降りになっている。しかし陽が没した。傘の下でメアリーと並んで、マリアはオールドゲイト駅の方角へ歩いていった。雨が降りだしたせいで、時刻はまだ早いのに、人通りはほとんどなかった。テン・ベルズを出ると、メアリーは案外おとなしくなった。けれど、相変わらず片言のフランス語でマリアに話しかけることをやめない。マリアはフランス語がまったく解らないので、ひと言も返答することができなかった。

「どうしたんだい、あんた」

ブラック・メアリーは言いだす。

「フランス語ができなきゃ、フランスへ行っても困るんじゃないのかい？」

「どうして私がフランスへ行くと思うの？」

マリアが言った。

「近所の噂さ。ドーセット・ストリート中の女どもが、寄ると触るとあんたの噂してるよ。あんたがフランスの金持ちに口説かれて、フランスへ結婚しに行くってさ。どうせ嘘八百なのにさ、みんな頭っから信じちまってさ、朝からそんな話ばっかりしてんのさ。おかげで私はいい迷惑なんだよ！」

頭から嘘と決めつけられたことで、マリアはちょっとばかりかちんときた。しかしそんなことは口には出さず、

「どうしてあなたが迷惑してるの？」

と訊《き》いた。

「そんなこと、あんたにゃ関係ないさ！」

メアリーは、まるで嚙《か》みつくような言い方をした。マリアは怖くなって口をつぐんだ。

二人の女は以後はおし黙ったまま、雨脚が次第に弱まり、かわりに夜霧の出はじめたコマーシャル・ストリートを歩いていった。時おり車輪と蹄《ひづめ》の音を高く鳴らして、馬車がすれ違っていった。

まるでお揃いのように、黒い綾織りのジャケットに黒のロングスカートを穿《は》いた二人の女は、霧と小雨の中をひとつの傘をさし、コマーシャル・ストリートを折れると、路地から路地へと伝いながら歩いた。ところどころにガス灯の明りがにぶく滲んで、やがて行く手に、石を敷きつめた小さな広場が見えてきた。一見ひっそりと静まり返って、ひと気があるようには見えない。

「おやおや、シンデレラのお出ましじゃないのかい？」

二人がマイター・スクエアに足を踏み入れると、わずかにしぶく雨の音に混じって、闇の中からそんな声がした。広場へ向かう路地には、それでも表通りからのガス灯の明りがわずかに射していたが、周囲の建物の明りが消えた広場は、ほぼ完全な闇の中だった。

足音が近づいてくる。背が高く、痩せたシルエットが、霧の中にかすかに浮かんだ。

「おや、その声はロング・リズかい？」

ブラック・メアリーが訊いた。

「あんたもこんなところにいたの」

「ああ、雨が降って仕事にならないからさ。寒くってね、一人じゃ酒を飲む気にもなれないのさ」

表通りのガス灯の、ほんのささやかな明りが、声の主の表情を照らした。エリザベス・ストライド、通称ロング・リズと呼ばれる、ディーン・ストリートに住む娼婦だった。ファッション・ストリートとディーン・ストリートとは、一本隣りの平行した道である。

「あんた、何しに来たのさ」

マリアに向かって言った。ロング・リズも酔っているらしかった。

「フランスへ行くお嬢さんが、こんなとこ来ることないだろう？　何しに来たんだい？」

「私はここにキャサリン・エドウズさんがいるって聞いて、ドレス、届けにきたんです」

「ドレス？」

「そうだよ、私にドレス届けに来たのさ。なんだあんたなの？　マリア」

「エドウズさん」

暗がりから、もうひとつ人影が現われた。さらに何人かの人影が前進してきた。

「おやおや！」

メアリー・ジェーン・ケリーが驚いて大声をあげた。

「何人いるんだい。今夜はここでパーティなの？」

「みんなで一杯やってたんだよ、男たちみたいにさ」

別の声がする。彼女たちの声は、アル中でみな一様に咽喉《のど》をやられ、かすれているので区別がつきにくい。しかしさすがに娼婦仲間同士は聞き分けられるらしく、

「ダーク・アニーかい？　あんた」

とブラック・メアリーは、闇に目をこらすような表情とともに言った。

すると肥《こ》えた女が、闇の中からゆっくりと歩み出てくる。手にジンの瓶を持っている。通称ダーク・アニー、正式名はアニー・チャップマン、メアリー・ジェーン・ケリーと同じくドーセット・ストリートに住む中年の娼婦であった。

「ポリーもいるよ」

「そうだよ。あたいもここにいるよ」

闇の中でけだるそうな声がする。

「ポリーかい？」

メアリーが訊く。

「そうさ」

「あんたまで。娼婦の大集会だね、今夜は」

「ユニオンの結成式さ」

ポリーが言った。正式名はメアリー・アン・ニコルズ、スロール・ストリートに住む、やはり中年の娼婦である。

スロール・ストリートも、ディーン・ストリートも、ファッション・ストリートも、ドーセット・ストリートも、すべて隣り合った通りで、彼女たちは近所にかたまって住んでいた。彼女たちが塒《ねぐら》にできそうな低家賃の簡易宿泊所が、地理的にかたまっているせいだ。したがって彼女らはすべて顔見知りで、団結心も強かった。

「キャサリンがドレスを作ったって？」

メアリー・アン・ニコルズが酔いの滲んだ声で言った。

「どれ、見せてごらんよ」

言いながらマリアの近くに寄ってきた。みんな、服には興味があるのだ。吐く息がジン臭かった。

「キャサリンに似合うかどうか見てやるよ」

言って、マリアの手からいきなり紙包みをひったくった。雨はもうずいぶん小降りになってはいたが、まだロンドン独特の、霧のように細かな雨が注いでいる。しかしマイター・スクエアにたむろしていた四人の娼婦たちは、傘もさしてはいなかった。

メアリー・アン・ニコルズは乱暴に紙を引き破ると、霧雨の中にばさりとドレスを広げた。メアリーは四十二歳、四十三歳のキャサリン・エドウズと最も歳《とし》が近く、したがって仲間がどんなドレスを作ったものか、一番気になったのだろう。

それは、焦げ茶のビロード地のドレスだった。イミテーションの毛皮襟と、大きな金属ボタンがついていた。暗い光線の下では、色は黒にしか見えなかったが、当時の中年女性用としてはかなり派手なデザインであることは見当がつく。

「おやまあキャサリン、えらく派手なもの作ったね、あんた歳を考えなよ」

「よけいなお世話さ、放っといておくれよ。かしなよ、濡れるじゃないか。本当に酔っ払いはどうしようもないね！」

言いながらキャサリンは、同僚から自分のドレスをひったくった。そしてマリアの傘の下に行き、もう一度丁寧にたたんだ。

「ちゃんと間に合わせてくれたんだね？　感心な娘だよ」

キャサリン・エドウズは言った。

「じゃお届けしましたから私はこれで。お代はあさって届けていただけるんですね？」

マリア・コロナーは言った。

「あさって⁈」

キャサリン・エドウズは頓狂な声を出した。

「あさってなんて私言ったかい？」

「おっしゃいました。八月末までにドレスを縫ってくれたら、九月の最初の日にお代を払うって」

「そんなこと言わないよ、あたしは！」

キャサリンはわめいた。

「そんな、確かにおっしゃったじゃありませんか」

マリアは食い下がった。

「あんたの耳がおかしいのさ、私が言うわけないよそんなこと。だってさ、私今、おけらだもん！」

娼婦たちの間から、げらげらと笑い声が起こった。

「焦っちゃいけないよ、あんた。気持ちは解るけどさ、のんびり暮らそうよ。

あくせく働いたって結局おんなじだよ。これから四、五日かけて、せいぜい働いてさ、あんたにちゃんと払うからさ」

キャサリンが言った。

「でも私、あさってにはお部屋代払わなきゃならないんです」

キャサリンは闇の中で目を丸くした。

「おやあきれた！　あんた、今まで部屋代ちゃんと払ってたのかい？」

また女たちの間から哄笑《こうしょう》が湧き起こる。

「部屋代なんてのはさ、あんた、何週間か待たせて気をもたせてやってから払うもんさ、なあみんな」

そうだそうだ、とはやしながら、みな口々に笑い声をたてる。

「大丈夫だよマリア、大家は待ってくれるさ」

女のうちの誰かが言った。

「でもうちの大家さん、それは厳しいんです」

マリアは言いつのる。

「ああ、そういやあそこの大家、リースンのやつだよ」

「ああ、あのごうつく爺いかい！」

「あいつ、欲の皮がつっぱってるからねぇ」

「そういう時はさマリア、いいこと教えてやろうか。あんたがその足を開いて、やらせてやるのさ、あははは！」

娼婦たちはまたげらげら笑った。

「そうすりゃ、一年だってタダでおいてくれるさ」

「違いない。あの爺さん好きものだからね！」

娼婦たちはまた笑いころげる。彼女たちの何人かは、リースンを客にしたことがあるのだろう。

「困ります」

立ちつくし、またマリアが言った。

「おいあんた」

笑いを消し、痩せたロング・リズがすごみのきいた低い声を出した。

「今夜はやけにからむじゃないかい？　あんた、金持ちのフランス人の奥さんになるってんじゃなかったのかい？　いずれ金持ちになるんだったら、こんなドレスの仕立て賃くらい、あたしたち貧乏人からあくせく取り立てるんじゃないよ」

「そうだよ。ユダヤのごうつくばりみたいな真似するんじゃないよ！」

「みんなに怨まれちゃ長生きできないよ。おとなしくフランス語のお勉強でもしてたらどうなんだい」

「しちゃいないよこの子、フランス語なんて全然知っちゃいないんだ」

ブラック・メアリーが横から口を出す。

「おやそうかい？」

「ああ、さっきさんざんあたしがテストしてやったんだ。ホラなのさ、そんな話。フランスの金持ちに求婚されたなんておとぎ話、自分で勝手に言いふらしてんのさ、近所の子供らに」

「本当です。嘘じゃありません！」

思わず、マリアは言ってしまった。

「嘘じゃない？　じゃなんでこんなチンケなドレスの金、せこせこ取り立てるんだい？　今どきそんな金持ちが、こんな街に来て泊まるわけないだろう？　金持ちならシティのホテルに泊まるさ！」

言って、ブラック・メアリーは鼻で笑った。

「本当です。嘘じゃないわよ」

「本当なら証拠を見せてごらんよ」

メアリーは言い放った。

マリアは言った。

「証拠は、……ないわ」

本当はあったのだ。ロバート・ツィンマーマンから預かっている「エジプトの星」を、肌身離さずお守りのようにブラウスの胸ポケットに入れて持っていたのだが、それをこの女たちに見せる気にはなれなかった。盗まれたら大変だ。

「ほうらごらんよ！」

ブラック・メアリーはあざ笑った。

「この娘はホラ吹きなのさ、真面目ぶってるけどさ、あたしは昔からそう踏んでたんだ。間抜けな男どもをたぶらかしてさ、いい子ぶってるだけさ。まったく信用ならないね！」

女たちの間から、また嘲笑が湧き起こる。

「あなたたち、そんなに恥をかきたいのなら、かかせてあげるわ！」

マリア・コロナーは、思わず叫んでいた。

「こっちの、少し明るいところへ出てきてよ。みんなそこへ並んで、そこから動かないでね。酔っている人たちに見えるかどうか解らないけど、今いいものを見せてあげるわ。証拠の品よ」

マリアはそう言ってから傘を地面に置くと、ブラウスのボタン付きの胸ポケットから、小さな箱をとり出した。濃紺のビロードで包まれた宝石箱、その蓋をゆっくりと開ける。

「ほら、『エジプトの星』よ。ずっと昔から、エジプトの王室に伝わっていたダイヤモンドなの。それをナポレオンの軍隊がフランスへ持ち帰ったのよ。

それからずっとルイの王様のものになっていて、おととし、私のフィアンセが賜《たまわ》ったのよ。百八カラット、もし買えば何万ポンドもするわ。私が彼からもらったの。これが私たちの婚約のしるし。どう？　これでも私はホラ吹き？」

小指の爪ほどもあるダイヤモンドが、マリアが高く掲げた指先で、霧雨の彼方のガス灯の明りを映じ、鋭い光を放った。

娼婦たちも、さすがに息を呑んだ。ダイヤモンドはともかく、そのビロードを貼った箱もまた、彼女たちがこれまで見たこともない、見るからに上等な品だったからだ。

「おーい、みんな集まって何を騒いでるんだ？」

彼方から男の胴間声がした。聞き憶えのある声だった。五人の娼婦たち全員の客になったことのある、ウィリー・ハモンドという男だった。

年齢は三十代のなかば、顔中に赤い吹出物があり、茶色の口ひげを生やした小柄な男だった。服装はみすぼらしく、いつもよれよれの中折れ帽をかぶっている。住所も職業も不定で、いずれこの近くの簡易宿泊所に住んでいるのは確かだったが、はっきりしない。酔っているらしく呂律が不確かで、足もともふらついていた。

ウィリーの胴間声を聞き、電光石火の行動を起こしたのはメアリー・ジェーン・ケリーだった。ウィリーの方に一瞬気をとられたマリア・コロナーに、猛然と摑みかかった。

虚をつかれたマリアが悲鳴をあげた。ビロードの宝石箱に入った「エジプトの星」が、足もとの石の上に転がった。

ブラック・メアリーとマリア・コロナーの両手のひらが激しく組み合わされ、揉み合っていた。一瞬遅れ、残る四人の娼婦も仲間に加勢した。エリザベス・ストライド、すなわちロング・リズが一番凶暴だった。マリアの頭部から帽子をむしり取り、髪を右手でむんずと摑み、左手を首に廻して絞めあげながら、マリアの体を自分の脇腹のあたりに強引に引き寄せた。

激しい衣ずれと、石畳をうち鳴らす女たちの靴音。その上に静かに、夜の霧雨が降りかかる。

マリア・コロナーは、悔しさともどかしさで、咽喉を絞って叫ぼうとした。しかし悲鳴が洩れた時間はごくわずかで、その唇をアニー・チャップマンのやや小肥りの手が塞いだ。彼女はもう一方の手をマリアの後ろ首あたりに廻して支え、満身の力を込めて、マリアのたてる声を防いだ。

メアリー・アン・ニコルズは、マリアの右腕を封じる係に廻った。キャサリン・エドウズは左手だった。それでメアリー・ジェーン・ケリーは、マリアの足の攻撃だけに気をつけていればよくなった。

娼婦たちは、嫉妬と安酒の酔いの勢いで、われを忘れていた。自分が何をしようとしているのかが解っている者は、一人もいなかった。ただ、目の前にいるこの若く愛らしく、そして幸運な娘に、ひたすら腹をたてていたのだ。

ウィリー・ハモンドは霧雨の中に立ちつくし、あっけにとられて女たちの争いを見ていた。酔って焦点の定まらぬ目で、ぼんやりと眺めていた。

「おいあんた、ハモンドさん、この新入りの器量よしを抱いてみたくはないかい？　新入りの練習だ、だから今夜は特別に、タダでいいよ！」

ブラック・メアリーが、マリアの顎のあたりを摑んで言った。ウィリーはきょとんとしていた。それから、ゆっくりとした歩調で、女たちの方に近づいてきた。五人の女に自由を奪われ、マリア・コロナーは猛烈に暴れ狂っていた。

「おいよせよ、可哀相じゃねぇか。なんでそんなに乱暴にするんだよ」

ウィリーは言った。

「そんなのんきなことを言ってると、この女に嚙みつかれるよ。この小娘は、こう見えても凶暴なんだからね、こうしてやきを入れてやる必要があるのさ。それよりこっちへきて、よく顔を見てごらんな」

ウィリーはそばまでくると、アニー・チャップマンにしっかりと口を塞がれているマリアの顔をまじまじと覗《のぞ》き込んだ。彼は喘《あえ》ぐように荒い息をしていた。マリアは、八方から胸の悪くなるような安酒の臭いに包まれた。

「おやこりゃあ、えらくべっぴんじゃないかね！」

ウィリーが言った。

「そうだよウィリー、よければ抱かしてやろうか？」

ロング・リズが、ブラック・メアリーの意図を理解して言った。それを聞くと、マリアがまたひときわ暴れた。

「そりゃ願ったりだなぁ、こんなべっぴんさんを。でもいいのかい？」

「おやあんた、いつから遠慮するような紳士になったんだい?!」

メアリー・アン・ニコルズがからかった。

「俺ぁいいが、この子は承知するかね？」

「そんなこた、かまうことないよ。あたいたちがしっかりこうして押さえていてやるからさ」

言いながらブラック・メアリーが、マリアの両足を持ちあげようとした。恐怖を感じたマリアが、メアリーの下腹部や腿《もも》のあたりを強く蹴りとばした。メアリーはあっと声をあげて、石畳の上に尻餅をついた。

「このビッチ！」

ブラック・メアリーはひと声かん高くのしると、腹をたて、前回より本腰を入れてマリアの両足に挑んだ。強引に抱えあげ、

「みんな、このままあっちの隅っこに持っていってやろうよ」

と叫んだ。五人の女は大暴れに暴れるマリアを抱えあげ、いっせいに駈けだして、マリアを暗がりに運んだ。後にはぽつんと一人、ウィリー・ハモンドがとり残された。

「おいウィリー、やりたくないんだったらいつまでもそこに立ってな！」

ロング・リズが叫んだ。ウィリー・ハモンドとしても、ほかにやることもなかったとみえ、よろよろと女たちについていった。

娼婦たちは、マリアの体をカーレー・アンド・トンジ倉庫の軒先にどすんと落とした。そして石の上にマリアを押さえつける仕事を仲間たちにいっときまかせると、ブラック・メアリーはマリアのこうもり傘や、宝石をとりに駈け足で戻った。

石の上に大の字に横たえられたマリアの右手をメアリー・アン・ニコルズが押さえ、左手はキャサリン・エドウズが押さえた。頭と口をアニー・チャップマンが押さえ、右足はロング・リズ、左足を帰ってきたブラック・メアリーが受け持った。

「どうしたんだいウィリー、早くズボンを脱いだらどうだい」

ブラック・メアリーが、げらげら笑いながら言った。そしてマリアのスカートを乱暴にまくりあげた。黒いウールの靴下と、フランネルのペチコートが六人の視線に晒されたはずなのだが、闇の中のことで、ほとんど何も見えなかった。

「暗がりだ、恥ずかしかないだろ? ウィリー」

アニー・チャップマンの声に励まされ、ウィリーはズボンを脱いだ。

「この子ははじめてだよ。うまくやんな!」

メアリー・アン・ニコルズが言った。そして靴下も膝まで降ろした。ウィリーが、ペチコートを手探りでゆっくりと脱がした。ブラック・メアリーが、これも手探り足探りで、ロング・リズとブラック・メアリーが思いきり広げて押さえるマリアの足の間にうずくまった。アニー・チャップマンに押さえつけられた手の下で、マリアが激しく悲鳴をあげ続けていた。しかしその声は、ほとんど洩れることはない。

ウィリーがマリアを貫いた時、マリアは強い痛みと絶望から、大声で泣き叫んだ。そして、まるで呪文のように、

「ロバートの宝石は返してよ、ロバートの宝石だけは返してよ!」

と訴え続けた。彼女のその訴えは、口を塞ぐアニー・チャップマンの手が時おりゆるむたび、六人の耳に届いた。

「ロバートの宝石って何だい?」

とウィリー・ハモンドが、息をはずませながら尋ねる。

「これかい？　この宝石かい？」

ブラック・メアリーがマリアに向かって言った。右手にビロードの宝石箱と、裸のダイヤモンドは左手指でかかげ持った。

「これ、本当にダイヤモンドかい？」

「そんなに返して欲しいのかい？　どれ、かしてごらんよ」

別の女の誰かが言った。

「へえ、これがね」

「どれ、見せてよ！」

「私にも！」

「私が先だよ！」

女たちの声が入り乱れ、「エジプトの星」は、女たちの手から手へ、くるくると渡っているようだった。気が遠くなるような屈辱と絶望のうちで、マリアは、女たちが感心したり、大声をあげたり、ヒステリックに笑い声をたてたりするのをかすかに聞いていた。激しい痛みに堪え、マリアはしっかりと目を閉じていた。女たちの下卑た声が、まるで悪魔たちのパーティのように、彼女の頭上でくるくるとこだました。

「返して、その宝石だけは返して！」

マリアは苦痛と屈辱の内にあって、叫び続けていた。ほかのことなど、何ひとつとして考えられはしなかった。もうほかのことはいい、ただロバートにもらったダイヤモンドだけはとり返さなくては、とそう考えていた。

「よっぽど大事なものなんだねぇ！」

女の誰かが言った。

「ちょいと、私の酒とっておくれよ」

「まだ飲むのかい？」

「飲まずにゃやってられないよ！」

「あたしにもおくれよ！」

「あんたは自分のがあるだろう⁈」

「もう飲んじまったさ！」

動顛《どうてん》しているマリアの耳には、もう酒でかすれた娼婦たちの声は、どれが誰のものか区別はつかなかった。女たちは口々に勝手なことをわめきたて、時々まるで悪魔の哄笑のような、けたたましい笑い声をたてる。

「ダイヤモンドなんて、なんだってんだい！　ふん！　こんなちっぽけな石っころが、本当に何万ポンドもするってのかい？」

「そうさ、人を馬鹿にしてるよ！」

「この石っころひとつの値段で、あたしたち何人分もの人生が買えるのさ」

「イーストエンド中の家が買えるんじゃないのかい？」

「ああそうだよ。もっともこんなきったない家や街、私ぁ欲しかないけどさ」

「早くその酒の瓶、こっちへ廻しなよ！」

「よく飲むねぇあんた、お腹のどっかに穴があいてるんじゃないのかい？穴があいてて、ジンがみんな洩れちまうのさ」

「宝石を返して！」

押さえつける手がゆるんだので、マリアがひと声叫んだ。

「こんな石っころ、なんだってんだい！」

誰かが激しく叫んだ。そしてぐびぐびと酒を飲み込む音。

「ほうら、呑んじまったよ。こんな石っころ、私が呑んじまったよ！」

「本当かいあんた、よくやったね！」

「あっはははははは、呑んじまったのかい⁈」

そして娼婦たちのけたたましい笑い声の大合唱が、唐突に湧き起こった。

「呑んじまったよ。私はもう何万ポンドもする女なんだよ！」

闇の中で、女のうちの誰かが叫んでいた。また女たちの哄笑が続いた。

「違いないよ。あんたは何万ポンドもする女だよ」

咽喉を振り絞り、マリアは絶望と怒りの悲鳴をあげた。叫んで叫んで、叫び続けた。涙が、あとからあとからこぼれ落ちた。

2

びしょ濡れになって部屋に帰りつき、ビロード張りの空の宝石箱を仕事机に置くと、マリア・コロナーは泣いた。

母に心配させないように声を殺し、しばらく激しく泣き、続いて静かに泣き、やがて悔しさがつのると、また激しく肩を震わせた。そうして何時間も泣き続けた。時刻はもう午後の十時を廻った。この時刻になると、母はもう隣りの部屋で眠っている。表の雨はすでにやんでいた。

それから衣服を脱ぎ、シャワーを浴びた。洗濯しておいた下着に着替え、戻ってくると、狼藉《ろうぜき》を加えられた部分が激しく痛んだ。そして気づけば、手も、足も、体中が痛んでいるのだった。じっと痛みに堪えていると、今さらながら、絶望と怒りに支配された。今やマリアは、何もかも失ったのだった。

暗い部屋に一人いて、マリアの精神は少しずつ狂っていった。何としても、何としてもあのダイヤモンドだけは取り戻したい、そう彼女は思った。繰り返し繰り返し、発狂するほど強烈に、彼女は思いつめた。ヒステリーが起こった。あの高価な石こそ、マリアをこの汚物溜めから救い出してくれるはずのものだった。あの小さな石に、彼女の後半生の希望がかかっていた。何としてもとり戻さなくてはならない。そういう思いが、彼女の精神を強烈に縛した。

マリアは道具戸棚のドアを開いた。そして革の裁断に使う、大型のナイフを引っぱり出した。黒いドレスを着、黒のアルスター・コートをはおると、コートの下にナイフを隠し持ち、深夜のイーストエンドに忍び出た。時刻はすでに午前二時近くになっていた。

ふらふらと夜更けの街を歩き廻った。十九世紀末のイーストエンドは、若い娘がこんな常識はずれの時刻に歩き廻るには、世界中で最も具合のよい街だった。娼婦があちこちに立っているようなところだから、通行人がマリアを見かけても娼婦と思うだけで誰も不審は抱かなかったし、加えて、こんな時刻にすれ違うような男たちはたいてい酔っていて、視力も定かでない。さらに現代とは違って街は圧倒的に暗く、おまけに霧まで出ていた。

ファッション・ストリートの自宅を出ると、彼女はマイター・スクエアのある南の方角でなく、東へ向かって歩いていった。それは、マイター・スクエアにはまだあの女たちが複数でかたまっているかもしれないと考え、怖かったからだ。

イーストエンドでは、どの方向へ向かって歩いていこうと、誰かしら娼婦にぶつかった。マリアは、娼婦が立ちたがる場所を、おおよそのところは聞き知っていた。ホワイトチャペル駅周辺、ハンバリー・ストリート界隈《かいわい》——、ファッション・ストリートに住んでいると、そんな知識は嫌でも耳に入ってくる。

まるで夢遊病者のように、ふらふらと深夜の街を歩いていった。ハンバリー・ストリートの舗道を歩いていると、こんな夜中なのに、荷物をたくさん積んだ大型の馬車や、野菜市場へ向かうらしい荷馬車が、かんかんと蹄の音を高く残して、マリアの横を追い抜いていった。

もう空気もすっかり肌寒くなり、昼の間はそこかしこから漂うすえたような、それとも腐ったような臭いも、空気が冷えているせいかあまり感じない。霧が淡くイーストエンド全体を覆い、とてもここがいつものあの汚物溜めとは見えない。お金持ちの王子様が金色の馬車で現われ、自分をさらって山の上のお城へ連れていってくれるような、そんなおとぎの街のようにさえ思われて、ナイフをコートの下に握りしめてとぼとぼと歩いていると、またぽろぽろと涙がこぼれる。

ホワイトチャペル駅の前に出た。駅舎の明りは消え、霧の中でひっそりとしている。古び、人の気配はなく、まるで古代ローマの神殿の廃墟のようだ。駅の前を過ぎ、ホワイトチャペルロードを左へ折れて、駅の裏手へと入っていった。さらに左に折れて駅裏の路地に入り込むと、廃馬処理場の煉瓦塀の前に、娼婦の立っているらしい人影がぼんやりと見えた。

闇と霧の中に立ち停まり、じっと目をこらした。なんて不思議なのだろうと思う。人影はメアリー・アン・ニコルズらしかった。暗くて顔はまったく見えないのに、灰色のシルエットと動作でそれと知れた。相変わらずジンをちびちびやっているらしく、手に瓶をぶら下げていた。

路地入口の角に身をひそめ、じっとメアリー・アン・ニコルズの様子を見ていると、つい先ほどの女たちの金切り声が耳もとによみがえった。マリアの脳裏で、女たちの嬌声が竜巻のように荒れ狂う。耳をふさぎたくなる衝動。あの中のどれがメアリーの声だったのか、少しも定かでないが、気づくと、メアリーに向かい、マリアは歩きだしていた。震えるような怒りが、全身によみがえっていた。周囲に、彼女とメアリー以外に、まったく人の気配はなかった。

霧と闇の中を、足音を忍ばせて近づいていくと、向こうもこちらに気がついたらしかった。闇の中を、こちらを向いて一生懸命目をこらしている。マリアだなどとは、夢にも思っていないようだった。顔見知りの娼婦か、それとも知らない娼婦かと、ただそう思っているのだ。

ほんの二ヤードほどの距離に迫り、ようやくマリアと認めた。酔っているせいもある。しかしさして驚いた様子もなく、

「あら」

と言った。

酔っているらしく、メアリーの体はふらふらしていた。一方マリアは、悪魔に魅入られていた。ナイフを左手でとり出し、握りしめると、よろよろしているメアリー・アン・ニコルズの首の横を、正面からさっと切り裂いた。

驚くほど簡単な仕事だった。泥酔しているメアリーに、抵抗の気配は皆無だった。生きていても死んでも、彼女はどちらでもよかったのだろう。もし死ななかったら大変と考えて、マリアはメアリーの反対側の首も一気に掻き切った。メアリーは、おそらく自分に何が起こったのかもよく解らないまま、どさりと倒れた。悲鳴も声もたてなかった。

首筋の両側から、猛烈な勢いで血が噴き出していた。血潮をほとばしらせながら、メアリーは敷石の上でゆっくりと一回転し、塡まるようにして、溝の中に落ち込んだ。溝の脇にマリアも膝をつき、メアリーの上に身を屈めた。

じっと眺めていると、やがて首からの血も止まった。そのまま見降ろしていると、さらに激しい憎しみが胸にこみあげた。自分がされたようにスカートをめくりあげ、局所に向かって二度ナイフを突き立てた。そしてなおも衣類をまくりあげておき、露出させた下腹部にナイフを突き立てると、渾身の力を込めて縦に切り裂いた。そして腸を引き出すため、左手をその裂け目に挿し込んだ。マリアは左ききだった。もし自分のダイヤモンドをこの女が呑み込んだのなら、今腸にあるはずだ——！

その時、背後にかすかな足音と、鼻歌を歌っているらしい男の声が聞こえた。こちらへ近づいてくるようだった。恐怖で思わず悲鳴をあげそうになり、かろうじてこらえた。切開口から急いで手を引き抜き、立ちあがると、足音をたてないように気をつけながら早足になった。駈けだして足音を聞かれたら、男の足にかなうはずもない。

駈けだしたい恐怖をこらえ、足音を殺して急ぎ足で歩いた。背後で、足音が停まったようだった。死体に気づいたのだ。泣き叫びたい恐怖。マリアの心臓は、早鐘のようだった。コートの下でぬるぬると、ともすると滑りそうな血で濡れた手で、ナイフを強く握りしめる。そして、しっかり、しっかりと自分を励ましながら、早足で歩き続けた。


翌朝われわれもよく知る通り、ロンドン中が上を下への大騒ぎとなった。マリア・コロナー自身も予想はしたが、騒ぎはその十倍も大きかった。大衆は娼婦の死体が解剖されている理由を知らないから、未曾有《みぞう》の大狂人がイーストエンドに現われたと考えた。単なる残虐趣味から女の体を無残に切り裂いたと考え、恐怖に震えあがったのである。イーストエンド中がパニックに陥り、住民たちは恐怖で仕事も手につかなくなった。そのためマリア・コロナーは、当分表を出歩くことができなかった。老いた母が、娘の身を激しく心配したからである。

しかしマリア・コロナーは思っていた。娼婦の頸動脈を切り裂くことは、なんとあっけないほど簡単なのだろう。街に立つ時、彼女らは例外なく酔っており、しかも常に一人でひと気のない場所におり、激しい抵抗に遭う気遣いはほとんどなかった。彼女たちは現在の自分の人生に完全に失望しており、おとなしく食用解体の順番を待つ老馬のようなものだった。いっそひと思いに殺してくれるなら、本人にも大した異存がありそうではなかった。

騒ぎが大きくなるにつれ、娼婦の誰がどこに立っているという情報も、自然にマリアの耳に入るようになり、以後の仕事がやりやすくなった。世間は、どうした理由からか犯人は男と頭から決めてかかっており、女であるマリアの身は、まったくもって安全だった。この点も、マリアには幸運であった。

九月八日、二番目の報復になるアニー・チャップマンの場合、やはり泥酔はしていたものの、多少の抵抗に遭った。人目を避けるため、わざわざ貸間長屋の裏庭に連れ込んだことが、彼女の警戒心を呼んだ。最初の一撃をやり損じ、顔や手に手ひどい傷を負わせてから、ようやく喉を掻き切った。

倒れたアニー・チャップマンのコートとスカートをいっぱいにたくしあげ、

腹部を切り裂いた。思いきって腹腔内に左手を差し入れ、大腸と思われる器官を引っぱり出した。肛門に近いあたりで切断し、月光の薄明りのもと、端から端まで手探りで、中に宝石が残っていないかを探った。しかし、見つからなかった。

終わると噂に合わせ、変質者の仕業に見せるため、子宮や膀胱《ぼうこう》なども切り取っておいた。

ありがたいことに霧の中、深夜の街をただ歩き廻る限りにおいては、マリアは透明人間と同じだった。イーストエンドの住人全員が恐怖の殺人鬼の影に怯《おび》え、ユダヤ人だ、いや「レザーエプロン」だと大騒ぎしていて、男なら、住民と顔見知りででもない限り深夜の街を歩けたものではなかった。が、女ならリンチに遭う危険もなく、目を血走らせた自警団の一群とすれ違っても、少しも咎《とが》められる気遣いはなかった。

殺人に関しても、頸動脈ばかりでなく、咽喉笛まで一緒に掻き切ってしまえば、相手は叫び声をあげることができないことも知った。そう知れば、仕事はますますたやすいことに思えた。

しかし三番目のロング・リズの時は、マリアにも運がなかった。この仕事は、命を奪うところまではむしろ前二人よりもたやすかった。手探り、足探りで進まなければならないような暗闇の、中庭の門を入ってすぐのところに、リズは低く鼻歌を歌いながら一人で立っていたからだ。慎重に闇に目を馴らしたマリアが、遠いクラブハウスのごく小さな光と星明りとをたよりに、足音を殺して近づいていっても、酔っているリズは少しも気づかなかった。

彼女たちは、メアリー・アン・ニコルズ、アニー・チャップマンと、仲のよい娼婦が次々に殺されても、その理由が何であるのかまるで解ってはいなかった。マイター・スクエアで自分たちのやったことが原因であり、「レザーエプロン」がマリア・コロナーであろうなどとは、ロング・リズは全然考えてもいなかった。「レザーエプロン」の犠牲者はたまたま運のなかった娼婦たちだと思い、彼女は、自分の身を守ろうと警戒してもいなかった。泥酔していたから、マイター・スクエアで自分たちのやったことなど、すっかり忘れていたのか。それとも、彼女たちの日常は常にあんなものなのだろう。いずれにしても彼女らには、そんなふうにものごとを深く考える習慣がなかった。あればイーストエンドの娼婦に身を落とすこともなかったろうが。彼女らは何かちょっとした楽しい出来事が一日一回程度あり、あとは安酒を飲める小金があれば、人生それでよかったのだ。

ともあれそんなわけで、マイター・スクエアでブラック・メアリーに次いでマリアに敵意をあらわにしたロング・リズの咽喉笛を掻き切ることは、マリアにとっていともたやすかった。しかし石の中庭に倒れた彼女のかたわらに屈み込み、ナイフをかまえて今まさに衣服をまくりあげようとした時、小馬《ポニー》に引かれた荷馬車が門を入ってきた。

とっさにマリアは、塀にぴたりと身を寄せ、待った。荷馬車がリズの体のすぐ脇で停まり、鞭《むち》がマリアの体のすぐそばに伸びてきて、リズの体を探った。マッチが擦られ、倒れたリズと、その周囲に流れ出した血潮を、一瞬ぼうと浮かびあがらせた。自分の姿も当然見られたと思い、もはやこれまでと観念した。逃げだそうと思うのだが、体が少しも動かなかった。マリアは、住民の中をひきたてられ、リンチの上吊《つる》される自分の姿を想像した。

しかし荷馬車の主は、意外にも自分に気づかず、クラブハウスの方へ人を呼びにいった。それでマリアはようやく九死に一生を得て、通りに逃れた。

霧の中をファッション・ストリートの自宅へ向かっていると、悔しさがこみあげた。ひょっとしてあの夜、自分のダイヤモンドを呑み込んだのはロング・リズではなかったか——？　そう考えると、

「呑んじまったよ。私はもう何万ポンドもする女なんだよ」

と叫んだあの声は、ロング・リズの声だったように思えた。とすれば、あともうほんのひと息で、宝石をこの手に取り戻せるところだったのだ。あの時、ちょうど荷馬車が入ってこなければ、今頃はあのいまいましい女の腹を

切り裂き、腸を探っていられたのに――。

悔しさがこみあげ、体がぶるぶると震えた。マリア・コロナーの精神は、もうすっかり狂っていた。霧雨の夜、マイター・スクエアで自分が受けた死にも勝る屈辱がまたよみがえり、家へ向かわず、いつのまにか足は、マイター・スクエアに向かっていた。

マイター・スクエアは、あの夜と同じだった。相変わらずひと気はなく、闇に包まれていた。暗がりの底に人がいるのか、それともいないのか、広場の入口からは判然としない。しかしこの付近に、キャサリン・エドウズが立っているはずだった。

入口の角に立つと、キャサリンこそが最も憎い女であるように思えた。あの女から仕事を引き受けなければ、あんな目に遭うこともなかったのだ。あの女こそ、すべての元凶なのだ。あの夜、仲間たちの狼藉を留めようともせず、大喜びで加勢した。しかもあれ以後、縫ってやったドレスの代金を払おうともしない。知らん顔を決めこんでいる。

広場に足を踏み入れ、表通りからのわずかなガス灯の光をたよりに、広場の周囲の建物に沿ってそろそろと外周を廻りこんでいった。すると広場の南西端、塀と建物の間に、ぽつんと人影が立っていた。建物の壁にもたれ、上体をゆらゆらとさせている。やはり酔っている。ゆっくりと息を吸い、また吐き出す音がしている。

左手にナイフを持ち、マリアはゆっくりと近づいた。するともの音に気づき、キャサリンが振り返った。間髪を入れず、正面から首筋を切り裂いた。左頸動脈から血を噴き出させながら鈍い音をたててキャサリンが倒れると、さらに憎しみがつのり、暗い中、足もとにある彼女の顔のあたりに向かって、滅多矢鱈《めったやたら》にナイフを繰り出した。がしゃんとすぐそばで音がしたのでびっくりすると、石段の上にキャサリンが置いていたブリキの小箱が、落ちたのだった。

いっときも躊躇《ちゅうちょ》せず、マリアは仕事にとりかかった。邪魔なエプロンをまず切り取り、グレイの麻地のスカートをはねあげ、ダークグリーンのアルパカのペチコートも、白のシュミーズも、首のあたりまで一気にまくりあげた。そして鳩尾《みぞおち》にナイフを突き立て、下腹部までひと息に切り降ろした。亀裂内部に左手を挿し入れ、腸とおぼしき臓器を摑むと、力まかせに引きずり出した。大腸を、肛門に近いあたりで切断すると、管部を指で握りしめるようにしながら、中に宝石の手ごたえはないかと端から端まで探った。しかし、宝石は発見できなかった。マリアは、闇の中で絶望の舌打ちを洩らした。

腹だちもあり、手に触れたほかの臓器を、手あたり次第に切り取った。それは肝臓の左半分と、左側の腎臓だったのだが、むろんマリアはそれと知ってやったわけではない。世間の人々の噂話や新聞報道が、犯人は解剖趣味のある変質者とか、医者くずれなどと騒いでいたので、それらしく見えるようにふるまっただけである。

この解剖作業は、十分とかからなかった。それを医者は、解剖行為に精通しているため、犯人は短時間で仕事を終えたと判断したが、そうではなく、早く宝石を探りたい一心でやったことだ。もっとも解剖はこれで三人目なので、精通しているという表現も、あながち間違いではないが。

当初マリアは、キャサリンの肝臓の一部と腎臓を、彼女のエプロンにくるんで持ち、逃走したが、途中の下水溝に中身を棄てた。のちにいたずら者がこれを拾い、自警委員会のジョージ・ラスク氏のもとにわざわざ送ったわけだが、この時マリアはむろん、そんな展開を呼ぶなど考えもしなかった。

夜霧の中を逃走中、ドーセット・ストリート付近で公衆水道に行きあった。母親に勘づかれては大変なので、マリアはこの水道で血にまみれた手を洗った。そして歩きだしながら、エプロンの端の、まだ血で汚れていない部分で拭った。

ゴールストン・ストリートにさしかかったら、道端にチョークが落ちていた。この時、マリアの頭に一計がひらめいた。世間の多くの人が、自分の一連の殺人事件をユダヤ人の仕業と考えていた。そのおかげでマリアは嫌疑のワクから遠くはずれたわけだが、いっそ世間のこの想像を、さらに裏書きしてやろうと考えた。

あたりに人の気配などまったくなかったので、チョークを拾い、付近の路地に入って、壁の黒い羽目板に、

「ユダヤ人は、みだりに非難を受ける筋合いはない」

と書きつけた。

これは犯人であり、ユダヤ人でもある自分が、自己を弁護しようとして書いた主張と読める。若干の知性を有する者が読めば、この書き手がユダヤ人であることは一目瞭然に推断ができるであろう。

この落書きがほかならぬ「レザーエプロン」の手になるものであることを示すため、そのすぐ下に、血で染まったキャサリンのエプロンを棄てておいた。そうしてマリアは、悠々とファッション・ストリートの自室へとひきあげたのだった。この落書きが同日午前三時すぎに、スコットランドヤードのウォーレン総監によって拭き消されたことは、すでに述べた通りである。

マリアが捨てた腎臓を拾って小包にして発送する者が現われたり、「切り裂きジャック」という絶妙のネーミングを使って挑戦状をマスコミに送りつける不心得者が現われたりで、捜査陣はますます混乱し、事件は迷宮の急坂を転がり落ちた。そしてマリアの身は、ますます安全地帯へとはじき出され

た。

十一月九日になり、マリアは、五人のうちで最も凶暴だったブラック・メアリーを最後の血まつりにあげる。これは新調のドレスを彼女の部屋に持っていき、あなたにあげると油断させておいての凶行であった。

五番目のこの犯行は、隔離された密室でのものだったから、マリアは最も落ちついて作業に没頭することができた。この頃にはマリアの精神はすでに本物の異常を呈していたから、彼女は仕事を愉しむことさえした。切り取った臓器をかたわらのテーブルに積みあげたり、壁の釘にひっかけたりしたが、これは精神異常の変質者を装うというより、今や彼女自身の姿だった。

むろん腸部は念入りに調べたが、ダイヤモンドは発見されなかった。マリア・コロナーの一世一代の大凶行は、こうしてついに成果には結びつかなかった。マリア・コロナーは激しく落胆し、では邪魔が入って腹を裂きそこねたロング・リズや、充分に腸を調べきれずに終わったメアリー・アン・ニコルズの体内に、「エジプトの星」はあったのだろうかと考えた。

しかし公表されている限り、警察官立ち合いによる二人の公的解剖記録にも、体内に宝石が存在したという記録はない。

一九八八年、ベルリン

1

表でしぶく、雨の音が戻ってくる。

レオナルド・ビンター捜査主任は、驚くべき物語に、呼吸をするのも忘れていた。終わったので、思い出してひとつ、大きく息を吸った。それから音をあまりたてないよう注意して、ゆっくりと吐いた。

「信じられん……」

かすれたささやき声で、吐き出す息とともに主任はつぶやいた。

「それは本当のことですか？　事実なんですか？」

「証明はできません」

クリーン・ミステリは、相変わらずのささやき声で応じる。

「しかし、長年にわたる私の個人的調査の結果、そう信じるにいたったのです。あのおびただしいジャックからの手紙なるものの洪水のせいで、世界中が間違えたのです」

「なるほど……」

ビンター主任はため息をついた。

「いずれ研究成果を書物にして出版するつもりでいます。おそらくは全世界で、反響を巻き起こすことでしょうな」

クリーンはこともなげに言い、だからただの軽口のように聞こえた。

「そりゃあそうでしょうな……。今のがもしも事実なら……。しかしメアリー・アン・ニコルズの腸にも、エリザベス・ストライドの腸内にも、その『エジプトの星』なるものは発見されなかったのですな？　警察官立ち合いのもとになる正式の解剖でも」

「公表されている資料には、そういう記述はありません。ただし、現在一般に公開されている資料というものは、これはごく一部にすぎないのです。当時のスコットランドヤードの捜査資料は、すべて厳重に封印され、保管されています。これが公開されるのは一九九三年のことになります。つまりあと五年経つと、先の私の推量を裏づける証拠も出てくるものと、私は信じております」

「切り裂きジャックは女性だったと……」

「当時かくしゃくとしていた高名なコナン・ドイル氏も、犯人は女性か、女装をした男だったのではないかと、息子のエイドリアン・ドイル氏に洩らした記録が残っております。さすがに慧眼《けいがん》と申すべきでしょうな」

「なるほど、十九世紀末のロンドン、イーストエンドの深夜は、女こそが、切り裂きの仕事をやり遂げるには安全だったわけですな。いや、こりゃあ驚いた……。

待って下さい！　となるとですな、発表は控えられているが、医師による解剖時、メアリー・アン・ニコルズや、エリザベス・ストライドの腸内において、ダイヤモンドが発見されている可能性もあると……？」

「いや主任、それはあり得ないのです」

クリーンは言う。

「あり得ない？」

「そう、あり得ない。というのはですな、よほど便秘症の人間とでもいうのでない限り、胃袋にダイヤモンドを呑み込めば、一日か、せいぜい二日程度のうちに、体外に排出されてしまいます。これはもう医学上の常識です。しかし十九世紀の人たちには、そんな常識はいきわたっていなかった。ましてマリア・コロナーはヒステリーを起こし、すっかり狂っていた」

「ああそうですか。ま、そりゃそうでしょうなあ、素人にとっては。現代の私だって、そう言われても今ひとつピンときません。ああそうですか、呑み込んだダイヤモンドは、一日二日で体外へ出ますか」

「健康な人間なら、それが普通です」

「どこかにひっかかっていたり……」

「マリアはそう考えたのかもしれんが、希望的にすぎる想像です」

「ほう……」

レオナルド・ビンター主任は、放心して溜め息をついた。沈黙になると、表でしぶく雨の音が聞こえる。彼は、しばしそれを聴いているようだった。いっときしてこう言う。

「それでこのマリア・コロナーという娘は、その後はどうなったのです？　精神病院にでも入りましたか？」

「そういう記録はいっさいありません。平和な生涯を送ったと思われます」

「何ですと?!」

「一般的に女性には、そういうところがあるのです。ここまで追いつめられると、女性なら誰にも、こんなふうに一時的に狂う危険はある。ま、ヒステリーですよ」

「しかしですな……」

「主任のお気持ちはよく解りますが、四十年ばかり前の戦争で、何ダースも人を殺した人間が、孫に囲まれて平和な余生を送っているじゃありませんか。それが人間というものの姿なのですよ。人間は、生来罪深いものなのです」

主任は異存を抱え込んで黙っていたが、やがて言った。

「ま、そうかもしれませんな。あんたの言われる通りかもしれん。しかし私は職業柄、そういうことを許すというふうには言えんのです」

「同感ですな、私も許すとは言っておりませんよ。その後の彼女は、おそらくわれわれにはうかがい知れぬ辛さを体験したと思います」

「マリアは、ダイヤモンドは失ったわけですな？」

「失いました」

「婚約者はどうなりました。フランスの鉱山で当てた青年というのは」

「ロバート・ツィンマーマンは、一八八八年九月の労働者の暴動で、命を落としております」

「なんと、死んだ?!」

「死にました。この時の暴動は相当険悪なものだったとみえて、労働者の一人にどうやら射殺されたようです。マリアのもとにこの報《しら》せが届いたのは、一八八九年になってからのようです」

「なるほど、そういうかたちで帳尻が合いましたか」

「そういうことですな。神を信じる方なら、当然そういう感想を持たれるでしょう」

「あなたは違うんですか?」

「私も神を信じる者です。しかし私の感想は違います。彼女はまだ気分がおさまらなかった。そこで、百年の時を越えて、もう一度うりふたつの事件を起こした」

「おおそうだ! 問題は今回の事件だ!」

ビンター主任はようやく思い出し、大きな声を出した。

「しっ!」

クリーンが人指し指を唇にあて、主任を制した。強い口調のささやき声になる。

「そしてこんどこそ、以前裂きそこねたロング・リズの腹を裂きにやってくる。何という執念深さだろう! ほら、やってきた!」

裏口のドアが、開いたらしかった。かすかに、雨の音が大きくなったからだ。それから慎重に、ゆっくりと、ドアが閉められた。部屋の明りはもちろん、廊下の明りも消えている。中庭には、ロンドンのガス灯にも似た、水銀灯の光線が雨ににじんでいるはずだった。廊下側の窓に、中庭からの水銀灯の光が一瞬さっと射し、すっと消えた。

足音は聞こえなかった。ドアがひとりでに開き、閉まったのかと思えるほどに、廊下に人が入った気配はなかった。廊下の床が、石造りのせいか。しかし、やはり誰かがやってきていた。廊下の窓に、人の上半身の影が、亡霊のように浮かんだ。

「おお……」

クロゼットのドアのすきまから、身を乗り出すようにして室内を見ていたレオナルド・ビンター主任が、低く、ささやくように感嘆の声を洩らした。語尾が、わずかに震えた。

その人影は、帽子を頭部に載せ、髪のすべての裾を、その帽子の内に押し入れるような格好に持ちあげてピンでとめた、十九世紀の女のシルエットだった。

奇蹟が起こっていた。五つの棺が並んだ部屋と、廊下とを隔てている古いドアがゆっくりゆっくりと、まるで百年の時を象徴するようにゆっくりと、開いていった。蝶番《ちようつがい》が、古い時計の歯車のようなきしみ音をたて、タイムマシンの扉が開くようにドアが開ききると、そこに、マリア・コロナーが立っていた。

踝《くるぶし》までの茶のロングスカート、たたんだ花柄のこうもり傘を左手に持っていた。頭には、小さな黒い麦藁《むぎわら》帽子が載っており、傘の先からも、ロングスカートの裾からも、ぽたりぽたりと雨の滴《しずく》が垂れるのが、中庭からかすかに侵入する水銀灯の明りで望めた。

ビンター主任が体を固くし、目を見張っていた。放心で、口がわずかに開いている。本当なのか、これはいったい——、と唇だけが動いて、彼は無言の言葉を闇に吐いた。

マリア・コロナーはゆっくりと、濡れた傘を壁にたてかけた。傘の先端が触れた床に、みるみる小さな黒い水溜りが生じ、ひろがっていく。そしてつい先日のようにも思える百年の昔、パブ、テン・ベルズの入りぶちでしたように、音をたてぬように小さな動きでスカートの裾にかかった雨の滴を床に払い、頭も少しかしげて、帽子に載っているはずの水滴も落とした。

それから、五つの棺に向かって、ことり、ことりと歩いた。その響きが、眺めている者の肝《きも》を冷やした。尋常な歩き方ではなかった。まるでたった今墓場からよみがえった者のような、それとも機械仕掛の人間ででもあるかのような、何とも不可解な歩き方をした。ちょうど、今ようやく歩き方を憶えたばかりの者のような、そんな歩きぶりだった。そして歩を運ぶたび、まるで足が棒きれででもできているかのような、そんな奇怪な音がする。

彼女は五つの棺のすぐ脇まで歩いてくると、立ち停まった。そして、ゆっくりと膝を折った。小柄な影が、緩慢な動きでうずくまる。そして体のどこからか、小さな棒きれのようなものをとり出した。それが彼女の鼻先の高さに掲げられると、カーテンのすきまから侵入する水銀灯の青白い明りで、先端がきらりと光るのが見えた。ナイフだった。ナイフをとり出しておいてから、彼女はゆっくりと手近の棺の蓋を開いた。両手を使い、慎重な仕草だった。

「あ」

と低く、彼女の声が聞こえた。

とたんに彼女は激しく膝をつき、今までとはうって変わった素早い動きで、隣りの棺の前に移動した。大急ぎで蓋をはねあげた。がたん、と心臓が停まるほどに大きな音がした。彼女は三つ目の棺の蓋もはずした。これも、深夜の静寂を破壊するほどの音がした。

まるで自分の出番がきた役者のように、クリーン・ミステリはクロゼットの中で立ちあがった。あっけにとられるビンター主任を尻目に、ゆうゆうと広い空間に出ると、彼はドアの脇にある明りのスイッチを入れた。

雷光のように蛍光灯がまたたき、部屋は一瞬のうちに、闇に目が馴れた者には真昼よりも明るくなった。古風ないでたちの女性が立ちあがり、まぶしいのか、目のあたりに両手をかざした。亡霊のように姿がかき消えるかと疑ったが、意外にも彼女は、二人の視界にそのまま存在し続けた。

彼女の動きに、緩慢さが戻っていた。彼女はいつまでもそうしていた。それから、またゆっくりゆっくりと、しかしぜんまい仕掛けのような着実さで、両手を下に降ろしていった。

「あっ！」

男の大声が、部屋に轟いた。

「モニカ！　モニカじゃないか！」

叫びながら、レオナルド・ビンター主任が、もがくような仕草とともに、狭い物置から出てきた。

「どうしてこんなところへ……」

放心して、主任は問う。

「遺体は？　五人の娼婦たちの……」

モニカは、かすれた声でつぶやく。

「死体はどこ？」

「気の毒だがお嬢さん、まだ霊安室なんですよ。ここにあるのは、ただ棺だけです」

うつむいたままクリーンが、気の毒そうに言った。

「何てこと！」

モニカが、悲鳴のようなかん高い声をあげた。

「私を騙《だま》したのね⁈　みんなで！　カールまで一緒になって！」

彼女は泣き叫んだ。

「いやお嬢さん、それは違う。騙したのは私だ。私一人が企《たくら》んだことです。カールも、ビンター主任も、少しも知らなかったことです。カールも、何も知らず、ここに一晩五人の女の遺体が置かれるという私の嘘を信じて、そのままそれを、あなたに伝えただけなんです。だってね、誰からも好かれているあなたが、五人の女を殺して腹を裂いたなんて言っても、誰も信じやしない。私一人が知っていただけなんだ。だから、怨むのなら私一人にして下さい。主任も、カールも、何も知らなかったんですから」

「知らなかった。今の今まで解らなかった……」

レオナルド・ビンター主任がつぶやく。

「こうしている今も、まだ信じられん」

モニカ・フォンフェルトンは、もう一度うずくまり、泣いていた。彼女のかたわらの床に、鈍く銀色に光る、金属性の松葉杖があった。

「憂鬱なことが多い世の中です」

背後で腕を組み、クリーン・ミステリがつぶやく。

「見たくもないものを見せられ、信じたくもないことを信じさせられるのは、誰しも嫌に違いない。できれば私も目をそらし、知らん顔で通りすぎたかったのだが、間違いを、間違いとして放っておくこともできませんのでね」

「信じられん、だが、どうして……？」

放心して、主任がつぶやく。モニカのすすり泣く声と、表でしぶく雨の音が、部屋に充ちている。

2

「警察というのは嫌な仕事ですな」

とても話せる状態にないモニカ・フォンフェルトンが、殺人課の当直の婦人警官に手を引かれて行ってしまうと、足もとのトランクを蹴とばして位置を変えながら、クリーン・ミステリが言った。玄関ロビー脇の応接室だった。言ってからクリーンは、運ばれてきたハンバーガーをひと口かじり、コーラを飲んだ。

「彼女をはめるような格好になってしまったが、あれは私自身の趣味とは無関係で、こちらも充分な確信が持てなかったからです。ああして確かめる以外になかった」

「確信が持てなかったと言われますと？」

「モニカ・フォンフェルトン巡査が犯人ということにです」

「その点、確信をお持ちではなかったのですか？」

ビンター主任もハンバーガーを口に運びながら言う。

「むろん見当はついておりましたが、確証はありませんでした」

「とてもそうは見えなかったが」

「自信満々に見えるとよく言われます。これは私が射手座生まれのせいでしょう。しかしここにやってきた時、内心はまだ水路を一本に絞りきれてはいなかったのです。クラウス・エンゲルモーア巡査という可能性も、万にひとつ程度は残っており、完全に捨て去る根拠がなかった。そこであんな手品《トリック》を使った」

「そうだ、あれも解らない。あれは何だったのですか？　あの時あなたは、何をおやりになったのです？」

　クリーンは、またハンバーガーをまずそうにひと口かじり、もぐもぐと咀嚼《そしやく》してから呑み下した。ビンター主任も自分のハンバーガーを咀嚼しながら、その間じっと待っていなくてはならなかった。

　ロビー脇の応接室は、がらんとしていた。テーブル付きのソファセットにかけているのはミステリとビンターの二人だけで、表ではまだ雨が続いている。

　二人のこの姿は、家庭教師について勉強をしている受験生とか、語学の個人レッスンに似ていた。教師がもったいぶった調子で自らの蘊蓄《うんちく》を披露し、生徒は絶えず身を乗り出して、彼の言うことをひと言も聞き洩らすまいとつとめている。

「ですからあれは、クラウスが犯人でないことを確かめたのです。クラウスがもしも犯人なら、五人の娼婦の遺体とひと晩中一緒にいさせられたら、これはもう願ってもない好機だ。しかし彼は興味を示さなかった」

「何の好機です？」

「だからキャサリン・ベイカーの腹を裂き、内臓内を調べるという仕事のです。ひと晩も時間があれば、ゆっくりと仕事がやれる」

「……ガラス玉を右手で弄《もてあそ》んでいたのは？」

「そりゃつまり、もしも彼が犯人なら、すでにもうわれわれが宝石を発見したのかと、穏やかでない気分になるだろうからです。彼の顔色がどう変化するかを見たかったのです。しかし、彼の顔色は、いささかも変化しませんでした。ガラス玉など見もしませんでしたからね。これは彼は違うなと、結論することができたんです。そこで、計画通りやることにした。もしも屈強な彼が犯人だったら、われわれ二人だけで捕らえるのは骨ですからな、予定は変更したところです」

主任は鹿爪《しかつめ》らしい顔で宙を見つめ、しばらく無言でもぐもぐとハンバーガーを嚙んでいた。それから言った。

「私はまだ解らん。最初からきちんと説明して下さいませんか。今回の事件はいったい何だったのです？　どうしてあなたは外部にいながら、新聞を読むだけでことの真相に気づかれたのです？」

「それはもう、ベルリン中にこれだけ印刷物や情報が氾濫すれば、ホテルにすわっているだけで充分事件通になれます。捜査本部の主任の名からスタッフの刑事一人一人の名前、そしてポツダム通りにほど近いリンク街に住む、風紀課の婦人警官モニカ・フォンフェルトン二十二歳と、殺人課刑事カール・シュワンツ二十九歳とが婚約中であることなども、私はホルニヒ・ホテルのロビーで知ったのです」

「しかし、では真相もホテルのロビーで？」

「そういうことです」

「はじめから話して下さいませんか。いったいこの事件は何なのです？　どういう理由から起こっているんでしょう」

「細部の詳細については、後で当事者に尋ねて下さい。何しろ私は旅の途中であまり時間もないのです。この空前絶後の大事件の構成要素というものはですな、こういったことです。いやビンター主任、あなたはもうすでにご存知なのです。一九八八年のこの大事件は、一八八八年のロンドンのあの有名な事件の、完全な相似形、鏡像なのです。隅から隅まで、あの事件とまったくといってよいほど同じ。私もあなた同様神を信じる従順なるしもべですからな、今回のこの事件は、百年前の高名な迷宮入り事件の真相を世に報《しら》しめるべく、神がしくまれたこととしか思われない。

　いや、これは少々罰《ばち》あたりなことを申したかもしれんな。神はいかなる時も、殺人などを企《たくら》まれるはずはない。これは、そうですな……、アレクサンダーと成吉思汗《ジンギスカン》、ヒトラーとナポレオンの存在にも似た、歴史という不可解なる書物の性格かもしれん。歴史というやつは、百年おきに立っている鏡のようなものなのかもしれんのです」

「なるほど。が、どうか事件の説明の方を先にお願いいたします。ミステリさん」

　主任は緊張して言う。

「おお、もちろん解っておりますともビンター主任。この事件の理由というのは、こういうことです……、ところで主任」

「何です?!」

「このハンバーガーは、いらないんですか?」

「どうぞどうぞ。いくらでも食べて下さい。それより早く先を」

「ではお言葉にあまえて」

クリーンはまたひと口ハンバーガーをかじる。そしてゆっくりと嚙む。

「右で五十回、左で五十回食べ物を嚙めば、人間、いかなる病気にかかることもないのです」

「ミステリさん、私は病気の心配などこれっぽっちもないのです。血圧は正常、糖尿のけもない、どうか先を。あまり待たされると、それこそ病気になる」

「この事件の理由は、モニカ・フォンフェルトン婦警をマリア・コロナーに重ねてみると、すべてが綺麗《クリーン》に見えてくるのです。まさに一目瞭然、私の下手な解説など不要なくらいです。

ことの起こりは、モニカ・フォンフェルトンが持っていた小さな、しかし貴重な宝石でした。これはまだ指輪にもネックレスにも、いかなるかたちにも加工されてはおらず、裸のままだった。こういう宝石をいつ手に入れたのか、そしていつから肌身離さず持って歩くようになったかは、後で当人に質《ただ》して欲しいのだが、とにかく彼女は、パトロール中も、プライヴェートな散歩中も、これを内ポケットにでも入れ、肌身離さず持って歩いていたのです。彼女にとってこの宝石は、命よりも大事なものだったのですな。

ところで彼女は、ごく最近風紀課に転属になったようですな。ここで夜間のパトロールなどするうち、街に立っている娼婦の何人かと顔見知りになった。その中に五人組のグループがいた。何故グループかというと、まず年齢が似かよっていること、同じ英語圏の出身であること、そしてこれはそれらの結果であるのかもしれないが、同じクロイツベルクの、すぐ近所に住む隣り組であること、などなどからです。彼女らはクロイツベルクのアパートに互いに身を寄せ合うようにして暮らし、普段は英語で会話し合っていた。

こういうクロイツベルクの彼女たち五人組の居住地域に、いったいどうした理由からか、モニカ・フォンフェルトンが通りかかったのです。理由は不明だが、想像するに、彼女は仕事熱心でしかも気持ちの優しいところがある娘なので、娼婦たちの昼間の生活も知っておこう、もし自分にできることがあるなら、彼女たちの力にもなってやろうと、そんな純粋な動機からだったのじゃないかと私は思っております。

それでモニカは、クロイツベルクの五人の娼婦たちのアパート付近を、非番の日も見にいった。ところがここに悲劇が起こった。五人の娼婦は、モニカが、自分たちを笑いにきたと考えたのです。加えて常日頃自分たちを取り締まる警官、それも女の警官ということで、彼女に対する反感もあった。ま、底辺に生きる女たちのひがみと言っても間違いではないのだろうが、そこは女同士のこと、われわれにははかり知れないルールがある。もし五人の娼婦が生きていて、ここで私たち二人に向かって口を揃えて自己弁論をぶてば、何がしか、われわれを説得する理屈も、持っていたかもしれませんがね。しかし彼女たちのやり口は、公正にみて、卑劣なものだった。モニカは、百年前マリア・コロナーがマイター・スクエアで受けた狼藉《ろうぜき》と、すっかり同じ目に遭ったのです。クロイツベルクの裏通りで五人の女に押さえつけられ、ちょうど通りかかった付近に住む男に、無理やりレイプさせたのです。運悪くその時、内ポケットに肌身離さず持っていた宝石も女たちに発見された。五人の女たちがこの宝石をどう処理したかは、言わずともう主任はお解りでしょう」

「ああ、解ります」

ビンター主任は、小さな声で応じた。

「どうも酔っ払った婦人というものは、こういう時、似たような不可解な挙に出るものらしいですな。宝石をその辺に放り捨てるのは当然もったいない。かといって持ち主に返すのは悔しい。自分が持っておけばあとで仲間割れの原因になる。宝石はケーキのように五つに割るわけにはいきませんからな。親しい仲間の手に渡れば、こんどは自分が気分よくない。進退きわまった時、なるほど思わず呑み込んでしまう気持ちも、解らないものでもない。かえすがえすも女性は、タフな生き物ですな。

大事な宝石を女たちのうちの誰かの胃袋に奪われ、すごすごとモニカは、リンク街のアパートに帰ってきたが、当然おさまるはずもない。この事件が百年前の事件と異なっているところは、被害者の女性が風紀課の警官で、仕事でしょっちゅう加害者の女たちと顔を合わせるという点です。こういう時の口どめの意味もあって、娼婦たちはモニカを辱《はずか》しめたのだろうが。

とにかくモニカは仕事で街に立っている娼婦五人と、しょっちゅう顔を合わせるパトロール警官という立場にいた。つまり、殺人を為しやすく、同時に五人を殺しても非常に疑われにくい立場にいたということです。これが優しいモニカをして、殺人と、あの怖ろしい切り裂きを決行させた理由です。娼婦たちは百年前のロンドンの時と同様、人通りの少ない時間、ひと気の少ない場所に、しかも常に一人で、おまけにいつでもへべれけに酔っ払って立っていた。気をつけるべきは、同僚のクラウス・エンゲルモーア巡査ただ一人だったと言ってもいい」

「信じられん。あなたに先ほど、日本の婦人の話を聞いていなければ絶対に信じんところだ。あの優しいモニカが……。何故われわれに訴え出てくれなかったのだろう」

「日本の婦人？　ああ！　クラブのママですな」

「ママ？」

「日本では女性の経営者のことをそう呼ぶのです。あなた方に訴え出ることができなかった理由は、恋人カールの手前があるからですよ。犯されたということもあるが、宝石を失《な》くしたということを、とてもではないがカールにうちあけることができなかった。一人で何とかとり返したいと思ったのです。今回のこのケースでは、それに加えて、早く決行しないことには宝石が女の体の外に排出されてしまうということを、モニカがよく知っていたことです。彼女はインテリだったし、家庭医学的な常識は、もう一般によく浸透している。これが、あなた方の厳重警戒も何のその、犯行がふた晩相次いだ理由です」

「なるほど。やはりモニカも、マリア・コロナー同様、自分の宝石を呑み込んだのがどの女なのか、知らなかったわけですな？ それで五人とも殺した」

「そうです。たぶん目をふさがれていたのでしょう。彼女はいうなれば、土に埋まった自分の宝石を、ナイフを使って掘り出そうとしたのです。殺し、腹を裂き、土中を探るようにして手を腹腔中に挿し込み、大腸を探りあてると引きずり出した。そしてまるで癌を探る外科医のように触診で、つまり手探りで、腸管中の宝石を探した。できることなら明るいところでやりたかったろうが、危険でそうもいかなかったのです。これをさらに徹底するため、大腸を直腸付近で切断し、内容物を絞り出して調べ、そして見つからなければ乱暴に腸を放り出した。

こういうことをすると、百年昔のロンドンの事件もそうだったように、被害者の肩に、切断した腸の先端がかかったようになるのです。今回の事件では、第一被害者メアリー・ヴェクター、三番目の犠牲者マーガレット・バクスター、四番目に殺されたジュリア・カスティ、こういったそれぞれの死体の肩に、切断された腸がかかっているという特徴が認められます。

百年前の事件でも、二番目のアニー・チャップマン、四番目のキャサリン・エドウズ、この二人に、やはり切断された腸の先端が、肩にかかっているという特徴が見られました」

「だが第一の殺人、メアリー・ヴェクターを、モニカがやれるはずはない。あの時はクラウスが一緒だった。そして、クラウスと二人でメアリーの前にやってきた時、彼女はもう殺されていたはずだ。それ以前に殺そうにも、モニカはずっとクラウスと組んで街を巡回していたはずだ」

「二人がメアリー・ヴェクターを発見した時、彼女はまだ生きていたのです」

「生きていた⁈　しかし、うずくまって首筋を押さえていたという……」

「それはモニカがそう言っているだけです。確定的な事実は、メアリーが尻餅をつくようにしてうずくまっていたということだけです。この点なら、クラウス巡査も同意している」

ビンター主任は、しばらく茫然とした。

「しかし……、殺されてもいないのに、何故うずくまっていたんですか」

「それは今檻《おり》の中にいるレン・ホルツァーに、水鉄砲で撃たれたからですよ。それでびっくりしてすわり込んでいた、ただそれだけのことです」

「ではレンが……？」

「そうです。レンが青インクでメアリーを撃った。偶然にもその直後に、クラウスとモニカは現場に駆けつけたわけです。だからレンは大あわてで逃げたのですよ。そこでクラウスは、メアリーの様子もろくに見ないで彼を追って駈けだした。真相はただそういうことです。あの夜、レンはメアリー以外にも、何人かの娼婦に青インクをかけています。非合法で街に立っている娼婦たちだから、そのことを警察に訴え出ないでいるだけなのです。

一方メアリーとともにその場にとり残されたモニカ・フォンフェルトンは、このチャンスを逃がさなかった。あとで一人になってからやろうと思っていた殺人を、とっさに今、決行することにしたのです。制服の下に隠し持っていたナイフをとり出し、メアリーの咽喉を切り裂いた。続いて、思いきりよく腹も裂いた。腸を摑んで引きずり出し、直腸部で切断し、中に自分の宝石がないかと、手早く探ったのです」

「信じられん！」

「モニカがこの仕事を終わり、実際に衝撃を受けて放心し、地面にすわり込んでいるところへ、クラウスが戻ってきたのです。彼としては、まさかこの心優しく、ベルリン署中の者から好かれているモニカが、こんな極悪非道なことをやるとは思わないですから、当然自分たち二人が駈けつけた時から、すでにこの状態だったと思ったのです。暗かったですしね」

ビンター主任は大きく溜め息をつき、そして渋々頷いた。

「しかし、事件の早い段階でこのことを推理できる材料はあったのです。モニカは、メアリーが切られた首筋を押さえてすわっていたと証言している。首を切られた上に腹まで裂かれ、腸をひきずり出された女が、まだ首筋を押さえていられるはずもないです。これはモニカがメアリーに最初の一撃を加えた直後の様子が、彼女の網膜に強く焼きついたがためですよ。メアリーのとったその時の姿勢が、あまりに彼女の印象に強烈に訴えたがため、モニカはその様子を、つい証言の時口にしたのです」

「なるほどそういうことか、言われてみればいちいちごもっともだ。何故そう考えなかったのだろう。だが返り血は？　モニカはメアリーを殺害した時、相当量の返り血を浴びたのでは……」

「頸動脈を切断すると、血は真横に飛ぶのです。だからうまくよければ浴びずにすみます。またこれに加え、警官の黒い制服というやつは、少々の血を浴びても目だたないように作ってある。したがって、手の汚れを拭うこともできるのです」

「そういうものですかな。しかし事実同僚は気づかなかったわけだから……。それで二番目のアン・ラスカルと、三番目のマーガレット・バクスターは、モニカが勤務を終え、証言も終えてアパートへ帰宅する途中、血まつりにあげたわけですな？」

「そうです。だからこの二人の死体は、午前四時を廻ってからようやく発見されている。その直前まで生きていたからですよ」

「そうか、そういうことですか……。

いや、しかし、待って下さい。五番目、最後に殺されたキャサリン・ベイカーは、腹部切開を受けていない」

「そうです」

「それに……、そうだ、そんなことより、モニカはどうして片足が不自由になるほどの重傷を負ったのです？　いったい誰に襲われたんだ⁈　あれがあるから私らは、モニカが犯人だなんて考えもしなかった。まさかあなたは、疑われないためにモニカが、自分で自分の腿に傷をつけたなんて、言いだされるんじゃないでしょうな⁈」

「そんなことは言いませんよ」

「ではいったい誰に襲われたんです、モニカは。いもしない影に、彼女は襲われた。それこそ、百年前のジャックの亡霊にとでもおっしゃいますか？」

「そんなことも申しませんよ主任。今主任がはからずも言われた二つの事実は、ただひとつの理由から生じているのです。よく思い出して下さいビンター主任、モニカが刺されて倒れていた場所と、五番目の犠牲者キャサリン・ベイカーの死んでいた地点トンプソン小路五十七とは、ごく近い位置関係にあるのですよ。両者はワンブロックをはさんだ裏手同士、距離にするとほんの二十メートルといったところ。この事実と、キャサリンは殺されてはいたが、何故か腹部切開を受けてはいなかったという事実、このふたつを重ね合わせるなら、結論はおのずから明らかではありませんか」

「明らかですと？　どう明らかです」

「キャサリンは腹を裂かれてはいなかった。何故か？　モニカはどうしても裂きたかったはずです。それをやっていないのは、できなかったからです。何故できなかったか？

それは自分も重傷を負ったからです」

「ああ、ではキャサリンに？」

「そうです。五人の娼婦のうち四人までは四十代の女、キャサリン・ベイカーがただ一人三十代で、若かったせいか、彼女にだけは思わぬ抵抗に遭い、いわば相討ちになってしまった。モニカのナイフを二人で握って揉み合っているうち、そのきっ先が、モニカの体を二箇所ばかり深くえぐったのです。だがモニカはそれにめげず、死力を振り絞ってキャサリンの頸動脈を切り裂いた。

　しかしモニカは、ただ殺しただけで、死にもの狂いでその場を離れるほかなかったのです。もう腹部切開など行なう気力と体力は、モニカに残ってはいなかった。彼女も重傷を負っていたからです。凶器のナイフは、できる限り遠くへ放り投げた。そして彼女は、キャサリン殺しの現場から二十メートルばかり遠ざかった地点で、ついに力つきて気を失ってしまった。これを彼女の恋人カールや、同僚のペーター・シュトロゼックが見つけた、そういうことです。途中道に落ちたはずのおびただしいモニカの血は、大量の雨が洗い流した。ナイフの指紋も同じです。またキャサリンとジュリアから浴びたはずの返り血も雨に濡れ、モニカ自身の傷口から流れ出る血とまぎれてしまった。

　おそらくモニカとしては、自分の犯罪はこれでもう仲間に露見したと、観念したことでしょうな。ところが天はまだ彼女を見捨てなかった。あなた方は、よほどモニカを犯人にしたくないらしく、うまい理由づけを考案した。すなわち、モニカもまた切り裂き魔に襲われたのだとそう解釈し、世間に公表したのです」

「驚いた……」

「病院で気がついたモニカも、驚いたことでしょう。まだ自分が犯人でないことにね。しかし、大して嬉しくもなかったでしょうな。というのは、仕事をやり残したという、ほぞを嚙みたいほどの心残りが、彼女にはあったからです」

「それは、キャサリン・ベイカーの腹を裂き、腸内を探っていないこと……」

「その通りです。ようやく思考が追いついて下さいましたな、その通りです。彼女は何としても、何としても残る一人、キャサリン・ベイカーの腹を裂き、体内を確かめたかった。気が狂うほどにそうしたかったはずです。彼女の体内に、宝石が残っている可能性があったからです。

だから私は、先ほどのような罠《わな》をしかけた。多少危険であっても、また罠の可能性をモニカがいぶかったにしても、彼女は必ず食いついてくるという確信が、私にはあったからです。結果は……、ご覧になった通りです。私の予測は、間違ってはおりませんでした。

さて、ハンバーガーも食べ終わった。説明も終わった。おや？　雨もやんだようですな。もうすぐ夜が明ける。そろそろ私はおいとましなくちゃあなりません。しゃべり疲れたし、旅の途中だ」

クリーン・ミステリはよほど気の短い男らしく、そう言うともう腰を浮かせかけている。

「ちょ、ちょっと待って下さいよミステリさん、まだまだ解らないことは残っている。するると何ですか？　キャサリン・ベイカーの体内には、今でもモニカの宝石が入っている可能性があるということ？　まだ入っておるんですか？」

「そんなこと私には解りません。あとで解剖して調べて下さい。が、私は四分六分でもうなかろうと思います。呑み込んでから二日が経過しております。まだ体内にある可能性は乏しいでしょう。では私はこれで……」

「ちょっとお待ち下さいよ、いや、もう一度おすわり下さい、落ちつきませんから。マスコミがあなたを放ってはおきませんよ」

「だから急いで帰ろうとしておるんですよ主任、私はマスコミなどに興味はありませんし、実際非常に急いでおるんです。私は暗いうちにここを去らなきゃならん事情がある。今日中にハンガリーに行かなくちゃなりませんしね」

「ハンガリーへ？　何しにいらっしゃるんです？」

「そんなことは、今回の事件とは何の関係もないことです」

「そうですな。腸は？　切り取った腸が交通管制センターに送られてきたのは？　あれはあなたではないんですな？」

「そんな面倒臭いこと、私がするわけもないでしょう！　どこかのいたずら者ですよ。道で拾った大腸の断片を、わざわざ小包にして送りつけたのです」

「どうして道にそんなものが落ちていたのですか?」

「そりゃつまり、モニカが棄てたからです」

「どうしてモニカがそんなことを?」

「主任、あとで当人に訊いていただけると助かるんですがね! おそらく腸内に多少の手ごたえを感じたので、その部分を手早く二十センチばかり切り取って、危険な現場をとりあえず離れたのですよ。そうしておいて明るいところへ行き、ゆっくり内部を確かめた。しかし、宝石はなかったのです。モニカの錯覚だったのでしょう。それで腸は道端に棄てたのです」

「なるほどな、あなたはまるでそばで見ていたようだ」

「言葉にすれば、そんな印象になるのです」

「まだあるぞ、ベルリーナ・バンクの壁に書かれていたあの落書きは? 例の『ユダヤ人は……』うんぬんという。あれもやはりいたずら者という……」

「まあ……、そう思っていただいていいです」

「といわれると? 厳密には違うと……?」

「ビンター主任、今回の事件で、私が一番苦労したことは何だとお考えです?」

「そりゃ、ですから、犯人を限定すること。またそのことを立証するために、大いに頭を絞られた……」

「そんなことはいたって簡単でした主任。そうじゃない、一番むずかしかったのは、あなた方に会い、話を聞いてもらうことでした。ここは私にとって見ず知らずの土地、知人もない。警察に何のコネクションもないのです」

「はあ……」

「ですから娼婦がよく立っている場所にあのような書き物を遺しておけば、それをきっかけにして、私に会ってもらう口実ができるかもしれない。なにしろ私の今回の肩書は、ロンドンの切り裂きジャック研究家ですからな。そこで私はなんとか警察の方と知り合う方法はないかと知恵を絞りながらあの雨の晩、クーダム通り周辺をうろついていたのです。すると二日目の事件が、偶然私のいるすぐそばで起こった」

「では、ではあのベルリーナ・バンクの落書きは……」

「まあよろしいではないですか主任！　事件は解決したのです。落書きはないが事件の方は迷宮入りというのとどっちがよかったです？」

「まいりましたな！　あなたのような方は、私は生まれてはじめて見た。さすがはホームズの国の方だ。イギリスには、あなたのような方がほかにもたくさんいらっしゃるんですか？」

「さて、イギリスはどうですかな、最近ではトウキョウの方によりたくさんいるようです。さあて……」

クリーン・ミステリはトランクを持ち、こんどこそ大儀そうに立ちあがった。

「本当にもうこれで行ってしまわれる気ですか？」

「そりゃそうです。もう用事はすみましたから」

クリーン・ミステリはさっさと応接室を出ると、中庭に面した裏口へ向かって廊下を歩きだす。玄関はまだ閉まっているからだ。急いで追いつき、トランクをもぎ取り、横を並んで歩きながら、レオナルド・ビンター主任は言う。

「だが私の方は、まだ充分なお礼もしておりません」

「ハンバーガーをご馳走になりましたよ」

ミステリは、ビンター主任の方を見もしないで、廊下をせかせかと歩いていく。

「しかもふたつも」

「二マルクのハンバーガーをふたつ？　これから私の為すべきことは、どんな……」

「三つです主任。ひとつはキャサリン・ベイカーの遺体を解剖し、消化器官系統内に、モニカの大事な宝石が存在していないかどうかを調べることです」

「あったらどうします？」

「モニカに返してやればよいでしょう。孤独な拘置所での、何よりの慰めになります」

「ははあ」

「ふたつ目はレン・ホルツァーを釈放してやることですな。水鉄砲で人を撃って死刑になるのでは、あなたも私もこの歳にはなれなかった。腕白坊主時代に、哀れ断頭台の露と消えていたところです」

「三つ目は何ですか？」

「マスコミのお相手です。私の見るところ、これが一番の難物でしょう。ひとつよろしくお願いしますよ、イギリスから来たケンタッキー・フライドチキンみたいな男が事件の謎を解いたなどとは、拷問されても口を割らんで下さい」

「しかしそれでよろしいんですか？　あなたは」

「けっこうですとも！　このくらいの満足感には、私は馴れっこになっておるんです。やあ、やはり雨がやんでいる。おや、もう空が青い。風がさわやかですな、では失礼してひとつ深呼吸を……」

クリーン・ミステリはドアを開け、中庭に出ると立ち停まり、ひとつ、大きく息を吸った。

「ああ気分がよい。主任、あなたもおやりなさい」

「深呼吸ですか？」

「そうです」

「こう？」

ミステリのトランクを足もとに置き、ビンター主任も真似て深呼吸した。

「気持ちがよいでしょう？」

「確かに」

「頭痛がとれませんか？」

「頭痛？　おおそうだ、頭痛はすっかり消えておりますな！」

「ね？　私の言った通りでしょう。さて、表通りへはこちらですな」

クリーン・ミステリは、車が進入してくるための古い石のトンネルを、また先にたって歩きだす。

表通りへ出ると、白々と明けはじめた夜の中に、白く霧が充ちている。その中に点々と水銀灯の明りがにじみ、並んでいる。じきこの明りも消えるだろう。もう夜が明ける。早朝のことで、車の数もいたって少ない。

「本当に行ってしまわれるんですか？　新聞記者連中には何と言えばいいんです？」

「適当におっしゃって下さい。トランクを返して下さいよ主任、ありがとう」

「どこまで行かれるんです？　署の車を出しますよ」

「いやお気遣いなく。友人が待っておるんです。お、あそこにいた。では失礼します主任、モニカさんにはできるだけのことをしてあげて下さい」

「また会えますか？　ミステリさん」

主任が、トランクを持って遠ざかろうとするクリーンに、やや大声を出す。

「それはどうでしょうな、またこのくらいの大きな事件を起こして下さい。それなら世界の果てにいてもとんで来ますよ」

そう言ってこの不思議な人物は、シルクハットをちょっと持ちあげると、レオナルド・ビンター主任に大きな赤い背中を向けた。大通りの向こうのベンチにいた彼の友人らしい男が、駈けだして通りを横切ってくるのが見えた。意外にも若い男で、東洋系の人物らしかった。

二言三言彼らは言葉をかわしたが、レオナルド・ビンター主任には、その意味が少しも理解できなかった。ドイツ語でも英語でもないその言語は、どうやら日本語であるらしかった。

3

CODE　M・D・あるいはジャンピエール

十月の闇と霧の中で、黒い森が沈んでいる。
整列した糸杉の巨人の群れの足もとに、
私は魂を埋《うず》めた。
淋しげな湖水のさざめきの底に、私は
十月の色をした霊魂を見た。
大陸の極北に位置する糸杉の黒い沈黙の内に、
硫黄の流れができていた。果てしなく降る
バリバリに乾いた木の葉のような、それとも
固く凍《い》てついたひと握りの頭髪のような沈黙の上には、

白い石灰石の月がかかっていた。
黒い森の、寒々とした夜明けのことだった。
あれはいつのことか。少しも日にちの記憶はない。
糸杉の立ち並ぶ、黒い森の静寂の中で、
私は見つけたのだ。ひと握りの、凝固した蒼い血を。
それは冷え冷えとした蒼い原石のように、
私を迎えた。

幽鬼がうろついていた、かすかな幻影。
夜想の縁に沈む、原石の深淵。
何故人は解らないのだろう、理解に苦しむ。
私は懸命に頑張ったのだ。
私の空しい努力を、人は墓碑銘に書きつける。
墓地入口の青銅の扉に飾られる。
世界中の夜のその夜、私は眠れぬ寝床の内で考えた。
この薄明りを私は信じない。
糸杉の巨人の居並ぶ上空の闇を、
私は黒い巨大な鳥となって、獲物を求めて彷徨《さまよ》う。

だが獲物は私自身なのだ。
信じるのだ。星明りが魂を救済すると。
私は自らにそう言い聞かせながら
石灰石の月明りの下を、
血を流しながらいつまでも彷徨《さまよ》った。
一番鶏が鳴き、夜明けの生暖かい風が西の地平から吹いて、
だが夜は決して明けなかった。
いつまでも、いつまでも、永遠に明けることはなかった。
世界中の寒気が私に押し寄せ、
千の嘲笑が針となって私の毛穴に刺さり、
おぞましさが魂を痺《しび》れさせる深夜、
私はついに見つけた。ひと握りの、凝固した蒼い血。
生活保護のたそがれの中でうずくまる、
蒼い血管を太腿に浮かせた女がつぶやく、
世界中の夜がここにあると。
魂を腐らせてごらん。スーパーマーケット裏の冷蔵庫に吊された
豚の背骨付き肉のように。

見えてくるよ、この世界のからくりが。
レマゲンの川にかかる骸骨《がいこつ》のあばら骨みたいに、
千年の昔からすべては明白だったのに。
鉄橋に衣を着せる者はいない。
世界は信号機のゴー・ストップで活動を開始したり停めたりする、
自動人間の群れなのだから。
あんたが血のかよった人間だと信じている男どもはただの抜け殻なのさ。
内臓のない抜け殻なのさ。
そして君は私に言う。
「ほら見あげてごらん、星明りを」
私は見あげ、囁《ささや》く。
「なんてかすかなんだ。これじゃ読書はおろか、
肉屋の店先のバラ肉の値段表だって読めやしない」
君は頷く。
「そうよ。だってあれは星なんかじゃない、
黒い天井にあいたただの虫食い穴よ」
糸杉の巨人の足もとに、私はそんな言葉の群れを埋めた。
いつか誰かが、とぎ澄まされた軍用ナイフの刃先で、

きっと掘り起こすことだろう。百年の孤独の果てに。

エピローグ

一九八八年、全ヨーロッパを揺るがした大事件は、こうして意外な人物の登場により、急転直下の解決を見た。

翌日行なわれた記者会見で、事件の真相はほぼ事実通りに報道された。が、ただ一点、クリーン・ミステリなる人物の、解決に果たした役割は伏せられた。

キャサリン・ベイカーの遺体は、長時間にわたる慎重な解剖にふされ、その直腸部から、奇蹟的にモニカ・フォンフェルトンのダイヤモンドが発見された。数奇な運命を体験したこの貴重な石は、証拠物件としてしばらくベルリン検察庁が管理するところとなったが、後日、レオナルド・ビンター主任の尽力もあってモニカの手に戻された。

モニカ・フォンフェルトンは、精神科医が治療の要ありと診断したため、裁判を待たず入院した。カール・シュワンツは、時間を捻出しては面会に通っている。

なおカール・シュワンツの指の青インクによる汚れは、同僚のペーター・シュトロゼックの壊れた万年筆を借りたことによるもので、当事件とは何の関係もない。

もうひとつ、棺の蓋を開けにベルリン署にやってきたモニカが、何故あのような古めかしいでたちを選んだかについては、誰も適切な説明ができない。精神に異常をきたしたためというのが表面的な説明だったが、多くの人々は百年の時を隔てて起こったこのふたつの事件の、超自然的な因縁と、霊魂の存在を考えて納得している。

レン・ホルツァーは釈放され、その後もツォー駅付近の「スージーQ」に勤務していたが、半年後、逮捕経験を中心にした手記と、前衛的な詩作とを組み合わせた書物を出版して注目された。このヒッピー的芸術家を無視した評論家は当然ながら多かったが、評価する人もあり、その内には「ベルリンのアラン・ポー」と呼んだ人もいた。

一八八八年のロンドンと、一九八八年のベルリン、やりきれない憂鬱を内に抱え込んだふたつの歴史的な都市で起こった双生児のような連続殺人事件は、こうして新しいものの方は無事落着した。

レオナルド・ビンター主任は、英国のクリーン・ミステリが、一八八八年の切り裂き魔事件を鮮やかに解明する本を出版するのを心待ちにしていたが、どうしたものか少しも現われる気配がなかった。

業を煮やした主任がロンドンの知人を介して問い合わせてみると、ロンドンに「切り裂きジャック研究会」という名の団体は十三存在したが、そのいずれにも、クリーン・ミステリなる名の会員も名誉顧問も、存在しなかった。

参考文献

『ロンドンの恐怖——切り裂きジャックとその時代』仁賀克雄著（早川書房）
『切り裂きジャック——闇に消えた殺人鬼の新事実』仁賀克雄著（講談社文庫）

改訂完全版あとがき

『切り裂きジャック・百年の孤独』に関しては、ずいぶんと書くことがある気がする。ただし、もう記憶が失われているから、以下がすっかり正確なものであるという自信はない。

一九八八年にこの本を書いた理由ははっきりしている。集英社の敏腕編集者、Y田H樹氏にしつこく薦められたからだ。理由を質《ただ》すとこれがふるっていて、当方の風貌が、彼のイメージする英国の謎の殺人鬼、「切り裂きジャック」に似ているからだという。似ているというのも妙な話で、誰も見た者がいないのに似ているも何もない。そんなことを言われてあまりいい気分もしなかったから、当分放っていた。

そう言えばさらに思い出すが、彼はぼくを芥川龍之介にも似ていると言い、芥川に関する小説も書いては、とこれもしつこく誘った。ということは、芥川も切り裂きジャックに似ているということか。Y田氏はまことにユニークな方法論を持つ編集者で、ある小説の内容傾向は、その書き手の外貌によって決定されると信じていた。

ともかくそういう彼の世話で、ロンドンはシドニーストリートにしばらく暮らしたおり、Y田氏は、いきなりぼくの下宿に仁賀克雄《じんかかつお》さんの切り裂きジャック研究書、『ロンドンの恐怖』を送りつけてきた。これがおそらくは一九八七年のことだった。切り裂きジャック事件が起こった一八八八年から数えると、九十九年目の春のことだ。Ｙ田氏としては、風貌も似ていることだし（と言っても誰も頷かないであろうが）、切り裂きジャック事件百年目にあたる翌八八年に、ぼくの「切り裂きジャック」本を刊行しようと画策したらしい。

「切り裂きジャック」の事件については、当時もむろん知識や興味はあったけれども、その内訳はというと、まことに通り一遍の貧弱なものにすぎず、仁賀氏の労作を読むことでようやく詳しくなった。Ｙ田氏の意図見え見えであったのにも拘《かか》わらず、未解決という事実からたちまち挑戦心を刺激され、手もなくとり憑かれるような気分になって、事件が脳裏を去らなくなった。こっちをロンドンに送り込んでおいて切り裂きジャックの研究書を読ませれば、犯罪を描くことを専門にしてきた作家なら当然興味を持つ。Ｙ田編集者の思惑通りの展開であった。

地下鉄に乗って何度もイーストエンドに行き、切り裂きジャック事件の五つの現場をひとつひとつ観て廻った。しかしこの当時のイーストエンドは、すでに事件発生当時のような危険な貧民窟ではなくなっており、小綺麗な印象のインド人街だった。もう夜を待っても娼婦が立つような場所ではないから、パリで観たサンドニとか、西ベルリンのクーダム通りの方が、よほど切り裂きジャック事件の舞台にふさわしかった。こうした実地取材の体験が、百年後の類似事件発生の舞台を、ロンドンでなく西ベルリンにさせた。サンドニでもよかったのだが、切り裂きジャックのやり口には妙にロジカルな気配を感じて、当時はドイツ的に思っていた。

ロンドンのイーストエンドは、もはや切り裂きジャックの活動舞台にはふさわしくなかったが、しかし思えば西ベルリンのクーダムもまた、ぼくが歩いたのは壁がある頃なので、解放統一の激動を体験したこのあたりも、今は様子が変わっていることだろう。

ロンドンの現場近くにはテンベルズというパブがあり、これは被害者の一人が行きつけにしていた店なのだが、どうした理由からか何度行っても店は閉まっており、「あの夜、切り裂きジャックの被害者はこの店から出ていった」などと書かれた看板を読んでは下宿に戻る毎日で、結局一度も入らず仕舞いになった。いつも早い時刻に行ったから、あるいは日没後にでも開店していたのかもしれない。


マダムタッソー蠟人形館にも行った。切り裂きジャックの展示があると聞いたからだが、入って見れば、ここにもテンベルズが再現されていた。人形館のテンベルズは、大きな曇りガラスの壁面を持っていて、カウンターに並んだ大勢の客たちのシルエットがこの曇りガラスに映り、録音された彼らの談笑が、往来の石畳の上にまで洩れてきている、という趣向になっていた。そしてにぎやかな酒場からほんの数歩先の暗がりに、腹を裂かれ、内臓を露出させた犠牲者の蠟人形がひっそりと横たわっていた。よくできた展示で、執筆に入ってからもこの光景が脳裏を去らなかったから、作中のテンベルズの外観は、いっそ人形館のものを採用した。

本作を支える背骨のアイデアが、この展示の前で訪れたということでもあれば、ずいぶん劇的でよいのだが、残念ながらそういった記憶はない。ではどこで思いついたのかと問われると、これも記憶がない。おぼろな記憶だが、事件の細部までは心得なかったものの、アイデアだけは、ずいぶん以前から暖めていたような記憶もある。あるいはこれが正しいのかもしれない。そしてそういうことを、東京でY田氏に話したのかもしれなかった。そこで妄想癖のあるY田氏が色めきたち、以来ぼくの顔が、切り裂きジャックに見えてきはじめたのかもしれない。

そういうところに『ロンドンの恐怖』が送られてきたので、こちらはかねて持つ自分のアイデアが、不成立を宣されないかとびくびくしながら、仁賀本を読んだのだったかもしれない。ぼくにはそうしたことがままある。著名事件がらみの創作は、調べはじめてから作を支える着想を得るのではなく、まずアイデアを得てから、これが成立可能か否かを、はらはらしながら資料にあたるのである。

そんな順番の体験が多いことが、ぼくをある種の神秘主義者にしたかもしれない。――と書くとなにやらオーバーだが、別に神がかっているわけではない。この逆立ちした順番で仕事をしても、どうしたことか着想不成立、実行不能を宣された経験がないので、そういうことが何度か続けば、着想をなにものか、絶対超越者から授けられたと思いたい錯覚が来る。

このアイデアに関しては、述べたようなY田氏との弥次喜多的からみもあったことだし、格別卓越した名洞察だとも、唯一無二の絶対的な正解だとも考えなかった。ちょっとしたジョークのように思っていたばかりだが、『ロンドンの恐怖』をはじめとし、関連本に次々と目を通すにつれ、この謎解き案も、案外悪くないぞと思うようにはなった。百年もの間、巷間伝えられてきているものに、充分に同意的、納得的にはなれなかったから、それらを無理に信じるくらいなら、こうした背景から事件が起こったと洞察する方がまだしも合理的だと、徐々にそんな気分になった。

巷間に伝わる謎解きは、切り裂きジャックからのものとされるおびただしい手紙類に、本物が含まれるものとして説を立てていた。少なくとも有名になった手紙類は、本物の可能性があるものとみなしていた。しかしあれだけの大事件を起こした真犯人が、それを告白する手紙を送ってくると信じること自体がすでに超常識で、思考の防御機構が怪しくなっている。往時の英国には、わが国の「ロス疑惑」の際のような集団ヒステリーが起こっていて、冷静な判断が一般から失われていたという可能性を、一度は検討すべきだ。

まして医学者に送ってきた手紙の切手を、真犯人が舐めて貼っているなどというのは論外で、外観がどれほどに傲岸不遜、大胆不敵に見える事件でも、犯人というものは激しく怯えているのが通常だ。むろん精神に障害があればこの限りではなかろうが、そうならまた、あのような健康なタイプの手紙を書く確率は下がる。

ともあれ、そうした事件把握よりも、大真面目ながらブラック・ジョーク的な犯人の着想や行動、多くの生真面目な研究者たちの意表を衝くであろう動機の提示などが大いに気に入り、彼らが驚き、あきれるであろう予想から来るわくわく感が、長篇を書き通すモチベーションになった。

精神障害者によると思われる典型的な快楽殺人であるのに、五件でぴたりと犯行がやむこと、被害者の全員が娼婦であるのに、また中に一人若い美人が混じっているのにも拘わらず、ただの一人も性的な攻撃を受けた者がいない謎を、拙作のアイデアの方が、定説よりは合理的に説明するように思った。

多くの研究者たちは、真面目さのあまり常識の陥穽に落ち込んでいて、精神に障害を受けた者、あるいはそれほどでなくとも、悪魔的な快楽主義者が切り裂きのナイフを振るったものと常識的に考え、それを前提にして自説を立てていた。これはあれほどの猟奇事件の惨状を眼前にすれば、誰しもが抱く正当な感想であるからなかなか抗《あらが》えず、そしてこの発想を、あのおびただしい悪戯の手紙群が補強する、定説はそうした構造を持っている。

しかし猟奇連続殺人は歴史上数多く起こっているが、内臓ばかりに興味を抱いて次々と腹を割き、性器にはいっさいの関心を示さず、しかも五件でぴたりと犯行がやんだ例というものは、まずないのではないか。ぼくはこういう問題の専門家ではないから、あるいは類似例があるのかもしれない。そうならば是非教えていただきたいが、あってもごく少数であろうし、またそうならその事件にも、拙作で提示したと共通の動機を疑いたい。

ともあれ、これだけ具体的に条件が揃うなら、自分なら五人の同職業者の腹を裂かねばならない切実な目的を持つ犯人をまず探す。次に外野たちは、事件のおぞましい様相に強い恐怖感を覚え、おびただしい悪戯投書の内容に見るような、無理からぬ誤解をしたと疑う。そしてこれが否定された場合にはじめて、俗説に見るような理解にと解釈を広げていく。こうした順番が筋と思うが、現実の犯人追跡はそのような順序で行われておらず、そうしたこともまた、多少はこの作を書く動機になった。

Y田氏のなかば強制的な圧力によって始めた執筆であるが、終えてみれば当時はそれなりに充足感があり、この作は当方の代表作のひとつと確信するようにもなった。もっともこれは、長篇ができあがるたび、毎度当方が感じることなので、あまりあてにはならない。

東京に戻り、『ロンドンの恐怖』の著者、仁賀克雄氏とも会って友人になり、さらに多くのご教授をいただいた。仁賀さんは保守本道を行く切り裂きジャック研究家であるが、創作にも理解を示してくださり、常識的見地からの否定的言動をされることもなく、創作は創作と、一定量の評価をしてくださった。新宿の紀伊國屋書店にコリン・ウィルソン氏が講演に訪れた際には、仁賀さんにウィルソン氏を紹介していただいて、短い歓談をかわしたことも楽しい思い出になっている。ゆえにY田氏、仁賀さんには、この場を借りて厚くお礼を申し上げておきたい。この二人がいなければ、当『切り裂きジャック・百年の孤独』という小説は、存在し得なかった。

その後当作品は、首尾よく集英社で、切り裂きジャック百年の年に刊行を果たしたが、この時にもエピソードがあり、表紙には映画「エイリアン」で当時をときめいていた、H・R・ギガー氏の作品を使った。費用もさることながら、よくギガー氏からの許可が下りたものと思う。これもまたY田氏の手腕で、ギガー氏のエイジェントがヴァケーションで留守なのを聞き、別の仲介者を言葉巧みにだましたらしい。そして後ろを向いては集英社の会計をだまし、こちらもだましで、思えばY田クンの手腕と、舌先三寸でこの作は世に存在させられたわけで、思えばまことにたいした腕前と、舌を巻かずにはいられない。

ともあれ、これで「切り裂きジャック」と当方との付き合いも終了と思っていたら、その後も割合ジャック氏との関わりは続いた。二〇〇三年十二月には、牧逸馬《まきいつま》氏の『世界怪奇実話』の精選集を、光文社に依頼されて編んだ。これに「女肉を料理する男」と題して切り裂きジャックの事件が紹介されているから、むろん落とすことなく収録した。その際に、「女肉を料理する男」のタイトルは使命を終えたと判断して、選者権限で「切り裂きジャック」に改題しておいた。

『世界怪奇実話』は、昭和のはじめにわが国で大ベストセラーとなり、牧氏にひと財産をもたらした高名な著作だが、切り裂きジャック事件の衝撃性、前代未聞性もこれに大きく貢献した。『世界怪奇実話』を、切り裂きジャックがわが国に紹介された嚆矢《こうし》、とこの本の解説には紹介したが、実は本場ロンドンにおいても、当時はまだまとまった研究書は出ていなかったと最近知った。そうしてみると牧氏の慧眼は、なかなかのものであった。

二〇〇二年には、アメリカのパトリシア・コーンウェル氏が『切り裂きジャック』を著わし、英国の印象派の画家、ウォルター・シカート＝切り裂きジャック説を展開して世界に話題を撒いた。この調査で氏は、これまでのジャック研究家たちが費やした研究調査費の総額をも上廻る、七億円もの巨費を私財から投じて、シカート自身や、投書の切手から、唾液中のミトコンドリアＤＮＡを採取、照合した。

コーンウェル氏の提出した動議に対しては、最近『狂気の偽装』を著した友人の精神科医、岩波明《いわなみあきら》氏と当時、ざっと検討と議論をかわした。この議論の内容までをここで紹介するのは紙面の都合上できないが、サイトには公開してある。

二〇〇三年の三月には、ぼくもまた、『上高地の切り裂きジャック』（文春文庫近刊）という短篇集を上梓した。表題作は短篇であるが、述べているような自説の原理にしたがって、もうひとつの切り裂きジャック事件を、国内で起こしてみた。これは被害者が一人の場合、こうしたケースもあり得るという可能性を示したものだが、ロンドンの切り裂きジャック事件においても、やんごとなき筋の冒した過ちを、当人以外の者が隠蔽しようと考えたような際、こうした事態は起こり得ると思う。

これらの仕事で痛感したことだが、本家イギリスの五件の切り裂き事件の、さらなる詳細資料が欲しいと思った。各犠牲者への執刀の、腹部上の正確な位置の図示。傷の大きさ。また内部の臓器に加えられた切断や、斬りつけ箇所のより正確な場所。特に腸の切断箇所の正確な位置。

さらには、切断後に持ち去られた臓器の、各人それぞれの正確なリストが欲しい。なくなった臓器と残っていた臓器。とりわけ子宮がなくなった者は、最初の犠牲者一人であったのか否か。こういった詳細な資料があれば、さらに言える事柄も増えるし、述べたような、真犯人の持っていた切り裂きへの切実性や、その目的についても、もっと踏み込んだ内容が述べられる可能性が出る。牧逸馬氏も、どうやらこうしたものは入手していなかったようだ。

拙作中でも言及しているが、一九九三年には、予定通りスコットランドヤード管理の捜査関連資料の封印が解かれた。拙作の上梓当時には見ることのできなかった第一級の資料が、ついに閲覧可能となったわけで、これによって研究に劇的な発展があるものかと期待したが、残念ながらそうしたことは起こらなかった。

開示された情報の大半は、情熱的な英国のマスコミによってすでにリークされていたものばかりで、新事実はほとんど見当たらなかったし、拙作に関係しそうな事柄はというと、最初の犠牲者の第一発見者の氏名が、誤って伝えられていたというくらいであった。これは今回修正しておいた。

　文庫といえば、当拙作の価値を文春文庫が認めてくれ、再収録を申し出てくれた。そこでさっそくゲラを出してもらって読んでみたら、二十年近い昔の作のことで、まあ述べたY田クンに追いたてられて書いたということもあるのだろうが、例によってひどい文章であったから、初校は完膚なきまでに真っ赤となり、戻ってきた再校も、負けず劣らずさらに赤くなった。三校はさすがにそれほどではなかったものの、やっぱり赤くなった。

　しかしこうした三度の徹底した手入れにより、ようやく当『切り裂きジャック・百年の孤独』は、どこに出してもまず安心な完成作となったように思う。知的読者諸兄には、是非もう一度読んでいただき、この高名な事件を再度考察、把握していただけたらと願うが、こうした機会を与えてくれた文春文庫には、加筆修正を終えた今、深く感謝している。

二〇〇六年八月三十一日

島田荘司

単行本　一九八八年八月　集英社刊
一次文庫　一九九一年八月　集英社刊

文春文庫

切《き》り裂《さ》きジャック・百年《ひやくねん》の孤独《こどく》

定価はカバーに
表示してあります

2006年10月10日　第1刷

著　者　島《しま》田《だ》荘《そう》司《じ》

発行者　庄野音比古

発行所　株式会社 文 藝 春 秋
東京都千代田区紀尾井町 3-23　〒102-8008
TEL 03・3265・1211
文藝春秋ホームページ　http://www.bunshun.co.jp
文春ウェブ文庫　http://www.bunshunplaza.com

落丁、乱丁本は、お手数ですが小社製作部宛お送り下さい。送料小社負担でお取替致します。

印刷・凸版印刷　製本・加藤製本

Printed in Japan

ISBN4-16-748004-2

文春文庫

ミステリー

（　）内は解説者。品切の節はご容赦下さい。

冤罪者　折原一

ひとつの新証言で〝連続暴行殺人魔〟河原輝男の控訴審は混迷していく。さらにそれが新たな惨劇の幕開けとなって……。逆転また逆転、冤罪事件の闇を描く傑作推理。（千街晶之）

お-26-1

失踪者　折原一

女たちが次々と消えてゆく……。連続誘拐事件の被害者の腐乱死体が見つかった物置の裏手から十五年前の白骨死体が。真犯人は少年Aなのか？　折原マジック全開の九百枚！（西上心太）

お-26-2

誘拐者　折原一

一枚の写真が男と女の運命を狂わせる。「私の赤ちゃんは、いま、どこにいるの？」。逃げる男と復讐する女の、追跡また追跡、逆転また逆転！　折原マジック超全開！（小池啓介）

お-26-3

沈黙者　折原一

埼玉県久喜市で二家族六名が一夜にして惨殺される。一方、万引きで捕まった男が自分の身元を一切明かさぬままに、裁判が進む。この男は何者か？　巻末に、佐野洋「推理日記より」を収録。

お-26-4

螺旋館《らせんかん》**の奇想**　折原一

ミステリー界の大御所が、秩父の山荘で十年ぶりの新作にとりかかる。ある日、作家志望の若い女性が自作原稿を手に訪ねてきた。奇妙な盗作事件と殺人、予想しえぬ結末！（新保博久）

お-26-5

ユニット　佐々木譲

十七歳の少年に妻を殺された男。夫の家庭内暴力に苦しみ、家出した女。同じ職場で働くことになった二人に、魔の手が伸びる。少年犯罪と復讐権、家族のあり方を問う長篇。（西上心太）

さ-43-1

（　）内は解説者。品切の節はご容赦下さい。

紫のアリス　柴田よしき
夜の公園で死体と「不思議の国のアリス」のウサギを見た紗季。その日から紗季に奇妙なメッセージが送られてくる。恐怖に脅える紗季を待ち受けていたのは？　傑作サスペンス。（西澤保彦）
し-34-1

Miss You　柴田よしき
誰かがあたしを憎んでる——。有美は二十六歳、文芸編集者。仕事も恋も順調な毎日が同僚の惨殺で大きく狂い始める。平凡なヒロインが翻弄される、ノンストップミステリー。（岩井志麻子）
し-34-3

象牙色の眠り　柴田よしき
京都の邸宅街で富豪の家族におきた殺人。屋敷に住むのは美貌の未亡人と息子、前妻の残した長男と長女、二人の家政婦。彼らの秘密が明らかになると……。長篇サスペンス。（法月綸太郎）
し-34-4

Close to You　柴田よしき
「お願い、専業主夫になって」。突然の失業のうえオヤジ狩りにあった翌日妻が囁いた。そんな二人を正体不明の悪意が襲う。ついに妻が誘拐され……誰かが俺たちを憎んでる。（斉藤由貴）
し-34-5

凍るタナトス　柄刀《つかとう》一《はじめ》
死後に人体を冷凍し、未来の進んだ医療技術によって甦らすことを願うクライオニクス財団。永遠の生を夢見る科学集団で「氷の殺人」「炎の殺人」とも呼ぶべき謎の連続殺人が！（千街晶之）
つ-13-1

神のふたつの貌《かお》　貫井徳郎
牧師の息子に生まれた少年の無垢な魂は、一途に神の存在を求めた。だが、それは恐ろしい悲劇をもたらすことに……。三幕の殺人劇の果てに明かされる驚くべき真相とは？（鷹城宏）
ぬ-1-1

（ ）内は解説者。品切の節はご容赦下さい。

高橋克彦
パンドラ・ケース
よみがえる殺人
雪の温泉宿に大学時代の仲間七人が集まり卒業記念のタイムカプセルが十七年ぶりに開けられた。三日後、仲間の一人の首無し死体が……。名探偵、塔馬双太郎が事件に挑む。（笠井潔）
た-26-1

高橋克彦
星の塔
東北の山奥に佇む時計塔に隠された悲しい秘密をえがく表題作など東北の民話が現代に甦る恐怖小説集。「寝るなの座敷」「花嫁」「子をとろ子とろ」「蛍の女」「猫屋敷」他二篇収録。（野坂昭如）
た-26-2

高橋克彦
即身仏《ミイラ》の殺人
湯殿山麓の映画ロケ地から出土したミイラの所有権を巡って騒動が起こるなかで肝心のミイラが消失、さらに連続殺人事件が。長山と亜里沙、塔馬双太郎が活躍する長篇推理。（小梛治宣）
た-26-5

高橋克彦
蒼い記憶
オゾンの匂いがきっかけで甦った花奈子の面影とあの村の記憶。両親が焼け死んだ生き神信仰の村で、男が見たものは？表題作ほか「夏の記憶」「記憶の窓」など全十二篇。（明野照葉）
た-26-8

高嶋哲夫
イントゥルーダー
突然、自分に息子がいて重体であることを知らされた私。日常の暮らしに侵入する謎の影。最先端のコンピュータ犯罪と切ない父と子の絆を描きサントリーミステリー大賞に輝く野心作。
た-50-1

高嶋哲夫
ミッドナイトイーグル
北アルプスに墜落した火球の謎を追う報道カメラマン。横田基地に侵入した北朝鮮の工作員に接触する女性記者。国を家族を救えるのか。男と女は絆を取り戻せるのか。入魂のサスペンス。
た-50-2

文春文庫

ミステリー

（　）内は解説者。品切の節はご容赦下さい。

秘密
東野圭吾
妻と娘を乗せたバスが崖から転落。妻の葬儀の夜、意識を取り戻した娘の体に宿っていたのは、死んだ筈の妻だった。推理作家協会賞受賞の話題作、ついに文庫化。（広末涼子・皆川博子）
ひ-13-1

探偵ガリレオ
東野圭吾
突然、燃え上がる若者の頭、心臓だけ腐った死体、幽体離脱した少年。奇怪な事件を携えて刑事は友人の大学助教授を訪れる。天才科学者が常識を超えた謎に挑む連作ミステリー。（佐野史郎）
ひ-13-2

予知夢
東野圭吾
十六歳の少女の部屋に男が侵入し、母親が猟銃を発砲。逮捕された男は、少女と結ばれる夢を十七年前に見たという。天才物理学者が事件を解明する、人気連作ミステリー第二弾。（三橋暁）
ひ-13-3

片想い
東野圭吾
哲朗は、十年ぶりに大学の部活の元マネージャー・美月と再会。彼女が性同一性障害で、現在、男として暮らしていると告白される。しかし、美月は他にも秘密を抱えていた。（吉野仁）
ひ-13-4

レイクサイド
東野圭吾
中学受験合宿のため湖畔の別荘に集った四組の家族。夫の愛人が殺され妻が犯行を告白、死体を湖に沈め事件を葬り去ろうとするが……。人間の狂気を描いた傑作ミステリー。（千街晶之）
ひ-13-5

僧正の積木唄
山田正紀
「僧正殺人事件」をファイロ・ヴァンスが解決して数年。事件のあった邸宅を訪れた数学者が爆殺され現場には〝僧正〟の署名が…。米国滞在中の金田一耕助が殺人鬼に挑む！（法月綸太郎）
や-14-7

（　）内は解説者。品切の節はご容赦下さい。

紫蘭の花嫁
乃南アサ

謎の男から逃亡を続けるヒロイン、三田村夏季。同じ頃、神奈川県下で連続婦女暴行殺人事件が……。追う者と追われる者の心理が複雑に絡み合う、傑作長篇ミステリー。（谷崎光）

の-7-1

冷たい誘惑
乃南アサ

家出娘から平凡な主婦へ、そしてサラリーマンへ。手から手へと渡る一挺のコルト拳銃が「普通の人々」を変貌させていく。精密な心理描写で描く銃の魔性。『引金の履歴』改題。（池田清彦）

の-7-2

我らが隣人の犯罪
宮部みゆき

僕たち一家の悩みは隣家の犬の鳴き声。そこでワナをしかけたのだが、予想もつかぬ展開に……。他に豪華絢爛「この子誰の子」「祝・殺人」などユーモア推理の名篇四作の競演。（北村薫）

み-17-1

とり残されて
宮部みゆき

婚約者を自動車事故で喪った女性教師は「あそぼ」とささやく子供の幻にあう。そしてプールに変死体が……。他に「いつも二人で」「囁く」など心にしみいるミステリー全七篇。（北上次郎）

み-17-2

蒲生邸事件
宮部みゆき

二・二六事件で戒厳令下の帝都にタイムトリップ――。受験のため上京した孝史はホテル火災に見舞われ、謎の男に救助されたが、目の前には……。日本SF大賞受賞作！（関川夏央）

み-17-3

人質カノン
宮部みゆき

深夜のコンビニにピストル強盗！そのとき、犯人が落とした意外な物とは？　街の片隅の小さな大事件と都会人の孤独な肖像を描いたよりすぐりの都市ミステリー七篇。（西上心太）

み-17-4